AF308019

Matthias Behrens

Star Adventure

5. Die Pforte zur Unendlichkeit

Bibliografische Information der Deutschen Nationalbibliothek:

Die Deutsche Nationalbibliothek verzeichnet diese Publikation in

der Deutschen Nationalbibliografie, detaillierte bibliografische

Daten sind im Internet über dnb.dnb.de abrufbar.

TWENTYSIX

Eine Marke der Books on Demand GmbH

Herstellung und Verlag:

BoD – Books on Demand, Norderstedt

ISBN: 978-3-740732547

„Es gibt keinen bequemen Weg, der von der Erde zu den Sternen führt.“

Zitat:

Lucius Annaeus Seneca (ca. 4 v. u. Z. bis 65 n. u. Z.), römischer Philosoph und Naturforscher

„Wenn es gut ist, dass die Welt besteht, so ist es nicht weniger gut, dass auch jede der unzähligen anderen Welten bestehen.“

Zitat:

Giordano Bruno,(eigentlich Filippo Bruno, 1548 bis 1600)
italienischer Naturphilosoph, Priester, Dichter, Astronom

1.

Wie ein schwarzes Band zog sich die endlose Herde Gnus hin. Zehntausende von ihnen zogen durch die grenzenlose riesige Grasebene der Serengeti. Etwas abseits stand ein Gravigleiter. Drei Frauen saßen drinnen. Das Verdeck war offen. Sie waren fasziniert von dieser größten Wanderschaft von Säugetieren auf der Erde. Zwischen den Gnus waren auch etliche Zebras. Die drei Frauen beobachteten diese Herde, welche sich von einem Horizont zum anderen hinzog. Sie hatten Brillen auf, welche das Zoomen verändern konnte. So konnten sie sich ein einzelnes Gnu anschauen oder im Panorama die gesamte Herde. Eine der Frauen drehte sich um und zeigte auf eine große Elefantenherde, welche sich zu einer Reihe von Büschen und Schirmakazien bewegte. Der Gravigleiter hob sich vom Boden ab und flog langsam zu den Elefanten. Diese ließen sich gar nicht stören. Sie fraßen von den Büschen und holten mit dem Rüssel einige Äste von den Akazien zu sich herunter. Dabei zog die ganze Herde langsam weiter. Der Gravigleiter befand sich nun inmitten dieser großen Elefantenherde. Da sie keine Notiz von dem Gleiter nahmen, konnten die Frauen in aller Ruhe diese majestätischen Tiere beobachten. Zwischen den erwachsenen Tieren liefen auch einige sehr junge Elefantenkälber herum. Es war lustig anzusehen, wie sie mit ihren noch unbeholfenen Rüsseln versuchten einige Zweige zu erwischen. Aber die kleinen Rüssel hingen noch wie kleine Gummibänder auf der Erde. Ein kleines Kalb ging unter die Vorderbeine und suchte die Zitzen seiner Mutter. An der Spitze der Herde war eine mächtige alte Elefantenkuh. Es war offensichtlich die Leitkuh. Sie bewegte sich nun fort von den Büschen und Akazien. Ein tiefes Grollen ertönte. Das war das Signal zum Aufbruch. Diese alten Leitkühe verfügten über ein sehr umfangreiches Wissen über die Elefantenpfade, über geeignete Futterstellen und vor allem über die Wasserstellen. Sie gaben ihr Wissen weiter an ihre Töchter. Dies geschah so seit zig Generationen. So wurde das Wissen immer weitergegeben.

Die drei Frauen im Gleiter waren tief beeindruckt von dieser einmaligen Natur Ostafrikas.

„Corinna, das ist also dein Heimatkontinent!" sprach die eine Frau zu einer anderen.

„Ja, Luna. Ich bin allerdings nicht hier in Ostafrika geboren, sondern im Regenwald am Kongo. Aufgewachsen bin ich allerdings in Namibia. Das werde ich dir auch alles noch zeigen." sprach die Angesprochene.

Corinna Mumba wollte Luna Korhonen die gesamte Schönheit Afrikas zeigen. Begleitet wurden sie von Otekah Black. Luna Korhonen hatte noch viel von der Erde des 23. Jahrhunderts zu lernen. Sie war auf dem Planeten Elpis geboren, fernab der Erde. Bei dem letzten Weltraumabenteuer war Corinna in der Zukunft gelandet. Es war ein Zeitsprung durch eine Singularität. Herausgekommen waren sie und ihre Crew durch ein weißes Loch im 30. Jahrhundert. Bei diesem Abenteuer lernten sie Luna kennen. Nur mit Mühe konnten sie ins 23. Jahrhundert zurückkehren. Vorher mussten sie einen Schaden in der Zeitlinie korrigieren, welchen die feindliche Spezies der Insektaner im 21. Jahrhundert angerichtet hat. So kam es, dass Luna mit ins 23. Jahrhundert kam. Dabei verliebte sie sich in Onatah Black, die Tochter von Otekah.

„So. Machen wir für heute Schluss. Es wird bald dunkel." sprach Corinna und startete den Gleiter. Sie flogen nun zurück zu ihren Zelten. Abends saßen die drei Frauen noch auf einer kleinen Holzterrasse. Bewegungsmelder und Schallkanonen schützten sie vor den wilden

Tieren. In der Nähe war ein kleines Wasserloch. Dort konnte man auch nachts Tiere beobachten.

„Es ist umwerfend hier. Wenn wir den Schaden durch diese Insektaner nicht behoben hätten, gäbe es dies hier alles nicht." sagte Luna.

„Ja, es ist fantastisch. Allerdings stand es auch ohne die Insektaner auf der Kippe. Bis ins 21. Jahrhundert gab es einen Raubbau an der Natur, der auch dieses Schauspiel von heute fast zum Opfer gefallen wäre. Die Natur war richtig am Kippen. Nur durch die Einsicht der Menschheit konnte die gigantische Umweltzerstörung weitestgehend wieder behoben werden. Die seismologischen Veränderungen durch das Abschmelzen des Eises in der Antarktis und der Arktis sind allerdings nicht reparabel. Damit müssen wir nun leben." sprach Corinna.

Otekah, welche auch Teil der Crew von Corinna war, sagte: „In meiner Heimat Nordamerika war es genauso wie in aller Welt. Mein Volk, die Oneida-Indianer, wurden fast ausgerottet."

Corinna nickte und sagte: „Zum Glück ist dies alles Geschichte. Die Erde erholt sich nun wieder."

„Es ist nur Schade, dass Onatah heute nicht dabei sein kann." sagte Luna ein wenig traurig.

Otekah stimmte ihr zu: „Ja sicher. Sie ist nun schon auf dem Weg zum Alpha Centauri. In drei Tagen sind sie dort. Es ist schon erstaunlich, wie schnell das alles geht. Wenn der mühselige Start von der Erde nicht wäre, kämen wir in einen Tag dort an."

„Als ich sie gestern früh verabschiedete, habe ich richtig geweint. Sie gab mir einen Kuss und lächelte. Die Nacht davor konnte ich gar nicht schlafen. Onatah schmiegte sich an mich und versuchte mich zu trösten. Irgendwie habe ich nämlich Angst." sprach Luna. Ihr standen schon wieder ein paar Tränen in den Augen.

Otekah holte tief Luft und sprach: „Reden wir über was anderes. Sonst fange ich auch noch an zu weinen. Frank ist ja auch dabei. Und Onatah ist schließlich meine Tochter."

Corinna sagte: „Bei eurer Geburtstagsfeier vorige Woche waren wir alle seit langen mal wieder zusammen. Es war schön, dass auch Gabriel und Saydala dabei waren. Ihre Expedition zum Pluto hätte fast eine Woche länger gedauert."

Otekah nickte: „Stimmt. Fast hätten sie nicht kommen können. Das wäre schade gewesen. Frank und ich haben nun mal beide am gleichen Tag Geburtstag. Und es waren auch noch kleine

Jubiläen, mein 55. und sein 33. Geburtstag.
Damit sind wir genau 22 Jahre auseinander."
Corinna lachte: „Ja, 55, 33,22. Das ist wirklich
lustig."
Luna sprach belustigt: „Und ich passe mit
meinem Alter genau dazwischen. Ich bin 44."
Die drei Frauen mussten nun herzhaft lachen.
Corinna wurde etwas nachdenklich. Die anderen
Frauen merkten dies.
Otekah fragte: „Was ist los? Du bist plötzlich so
ruhig!"
„Ich passe zwar nicht ganz in eure Reihe. 66 bin
ich noch nicht, aber ich denke langsam darüber
nach, wann es mit der Fliegerei ein Ende hat.
Fred ist 61 und ich werde bald 60. Es wird
langsam Zeit, aufzuhören." sprach Corinna
nachdenklich.
Otekah schüttelte den Kopf: „Ach was. Du
machst manch Jüngeren noch was vor. Zum alten
Eisen wirst du noch lange nicht."
Luna nickte dazu: „Das denke ich auch. Der
Weltraum ohne dich? Das geht doch gar nicht."
Corinna lächelte und sagte: „Ihr wollt mir nur
Mut machen. Ich wollte schon einmal kürzer
treten. Fred und ich wollten an diesem
Terraforming-Projekt auf dem Mars mitarbeiten.
Fred überlegt nun, ob er nicht Kapitän eines

Frachters wird. So ein Versorgungsschiff ist auch nicht schlecht. Wir wären im Weltall unterwegs. Wir hätten eine sinnvolle Aufgabe."

Otekah meinte: „Demnächst sollen größere Stationen bei Proteus und Sedna errichtet werden. Es wird auch an eine ständig besetzte Station beim Wurmloch gedacht. Die brauchen fähiges und erfahrenes Personal."

Corinna nickte: „Das stimmt. Aber ich brauche Triebwerke. Ständig auf einer Station wäre mir zu langweilig."

Luna meinte: „Hat aber auch den Vorteil, dass du weit weg von der Erde arbeitest. Den Urlaub könnte man ja auf der Erde machen."

Corinna lächelte dazu: „Stimmt. Naja, mal sehen."

Luna richtete sich etwas auf und sagte: „Wisst ihr was mich wundert? Es gibt jetzt eine Expedition zum Alpha Centauri. Das ist unser Nachbarsystem. Warum waren wir nicht früher dort? Warum sind wir erst weiter weg geflogen?"

Corinna erklärte ihr: „Die Planeten von Alpha Centauri befinden sich nicht in der habitablen Zone des Sterns. Es war also nicht so interessant. Aber durch die positiven Ergebnisse der Expeditionen zu den Monden Enceladus und Europa hat sich alles geändert. Wer hätte auch gedacht, dass auf diesen Monden primitives Leben gibt. Und einer der Planeten bei Alpha Centauri ist ebenso beschaffen, also mit Eis bedeckt. Und darunter befindet sich wahrscheinlich auch ein Ozean."

Nach einer kurzen Pause sprach Luna: „Hier ist es wunderschön. Diese Natur ist gigantisch."

Die drei Frauen saßen noch lange bei einem Lagerfeuer draußen vor den Zelten und lauschten der nächtlichen Natur der Serengeti. Das nächtliche Konzert von Millionen Grillen und Zikaden war sehr beruhigend. Ab und zu hörte man aus der Ferne das Gebrüll eines Löwen. In hundert Meter Entfernung befand sich das Wasserloch. Dort herrschte nachts auch reger Betrieb. Nashörner, Elefanten, Giraffen und Zebras wechselten sich dort ab. Und über ihnen leuchtete ein makelloser Sternenhimmel. Es war August. Es war die Zeit des Perseiden-Meteoritenstromes. Jede Nacht konnte man zig Sternschnuppen beobachten. Gegen Mitternacht legten die Frauen sich dann in ihre Feldbetten.

Zur gleichen Zeit war die Expedition zum Alpha Centauri in dem System angelangt. Sie waren mit dem Raumschiff Rangi in eine Umlaufbahn im Orbit des Planeten Satyr angekommen. Ein automatisches Modul wurde im Orbit ausgesetzt. Dann landete die Rangi auf dem Planeten. Dieser befand sich in 1,4 Astronomischen Einheiten vom Zentrum Alpha Centauri entfernt. Es war ein Dreifachsystem. Alpha Centauri A und B wurden dabei von Proxima Centauri begleitet. Es gab sehr viel Wasser auf diesem Planeten Satyr. Durch diese große Entfernung war er fast ausschließlich mit Eis bedeckt. Unter dem Eis war ein großer Ozean aus flüssigem Wasser. Satyr hatte einen Durchmesser von 10.500 Km und eine Bahnneigung von 10%. Zwei Monde, Satyr 1 und 2 umkreisten ihn. Satyr 2 war vom Planeten 950.000 Km entfernt und nur 28 Km groß. Satyr 1 aber war sehr nahe, nämlich 280.000 Km vom Planeten entfernt und war im Durchmesser 1500 Km groß. Er war dem Erdmond ziemlich ähnlich. Die Expedition hatte den Auftrag, nach Leben zu suchen. Tallulah Kulusuk, eine grönländische Geophysikerin, war die Leiterin der Expedition. Zu den weiteren Mitgliedern zählten der Vulkanologe Piedro Suarez aus Mexiko, die Biologin Anori Ajuricaba, eine Indianerin aus Venezuela sowie die Astronauten Frank Silver aus Nordamerika und Gabriel Hurts aus Neuseeland, die Ingenieurin Aurelia Popescu aus Rumänien und Onatah Black, ihre Heimat war

das Weltall. Gabriel, Frank und Onatah und ihre
Partnerinnen kannten sich schon von der
Expedition zum Planeten Elpis im Sternensystem
Stella.

Piedro und Tallulah bereiteten hier auf Satyr
gerade das Bohrschiff Rangi 1 vor. Solche
Bohrschiffe werden schon seit dem 21.
Jahrhundert auf Eismonden eingesetzt. Nur, dass
sie damals unbemannt waren. Heute fahren mit
einem solchen Schiff Astronauten. Sie bohren
sich durch das Eis, bis man auf flüssiges Wasser
kommt. Dort fungiert das Schiff dann als
Unterseeboot. In der Zeit, wie das Schiff zum
Einsatz vorbereitet wurde, bauten die Anderen
die Station auf. Sie bestand aus mehreren
Metallkuppeln. In diesen Kuppeln waren
Unterkünfte, Labor und Kommunikationsraum
sowie ein kleiner Aufenthaltsraum. Die Kulisse
war sehr eintönig. Soweit das Auge reichte sah
man nur Eis und ein Gebirge aus nacktem Fels.
Das Licht von Alpha Centauri war hier nur ein
Dämmerlicht. Die Oberflächentemperatur betrug
minus 120 Grad Celsius. Nach einem Tag Arbeit
war das Schiff und die Kuppel einsatzbereit.
Bevor es am nächsten Tag losging, wollte man
noch den Untergang des Alpha Centauri A
bewundern. Alpha Centauri B, der kleine

Begleiter, war schon untergegangen. Als Alpha Centauri A dann untergegangen war, sah man einen wunderschönen Sternenhimmel. Hellster Stern war nun ein roter Zwerg. Es war der zweite Begleiter von Alpha Centauri A. Er hieß Proxima Centauri.

Zur gleichen Zeit durchstreiften Corinna, Luna und Otekah auf der Erde die Serengeti und den Ngorongorokrater. Die Tiererlebnisse waren umwerfend. Sie waren gerade wieder in der Provinzstadt Arusha, als sie eine Nachricht von der Internationalen Raumfahrtbehörde bekamen. Sie saßen nun in ihrem Zimmer am Holophone. Ein älterer grauhaariger Herr erschien.

„Dr. Akono Miller! Was können wir für Sie tun? Wo brennt es?" rief Corinna.

Dr. Miller antwortete: „Ich habe schlechte Nachrichten für Sie drei. Wir haben den Kontakt zur Expedition Alpha Centauri verloren. Das Raumschiff Rangi meldet sich nicht mehr. Seit vier Tagen kommt nichts mehr. Sie sind bereits im Eispanzer des Mondes. Die Verbindung über Satelliten und Sonden war perfekt. Und trotzdem melden sie sich nicht."

Zunächst herrschte Schweigen im Zimmer. Als der Schreck etwas gewichen war, holte Corinna tief Luft und fragte: „Werden Sie ein Rettungsschiff aussenden?"

Miller nickte: „Ja, das haben wir vor. Die Vorbereitungen laufen schon. Eine automatische Spezialsonde ist bereits unterwegs."

Otekah rief spontan: „Ich will mit!"

Luna rief ebenfalls: „Ich will auch unbedingt mit."

Corinna schaute Miller an: „Sie hören es Akono. Und ich will natürlich auch mit."

Miller nickte: „Das kann ich nicht allein entscheiden. Aber ich habe mir so etwas schon gedacht."

Corinna lächelte: „Geben Sie sich einen Ruck. Wir wollen auf jeden Fall mit!"

Miller hob die Hände und sprach: „Wir haben in einer Stunde eine Beratung zur Rettungsaktion. Ich werde den Vorschlag unterbreiten, dass sie drei auf jeden Fall dabei sind. Frau Saydala Hurts hat auch schon ihre Teilnahme angemeldet. Und Sie Luna? Sie haben, wie ich hörte, ihr Medizinstudium erfolgreich beendet. Sie sind jetzt eine Chirurgin und Internistin!"

Luna nickte: „Das stimmt. Ich war auch ein halbes Jahr auf der Orbitalstation Sepik."

„Wunderbar. Ich werde ihre Teilnahme unterstützen." sprach Dr. Miller.

„Gut Dr. Miller. Wir warten auf Ihren Bescheid!" sagte Otekah.

Dr. Miller verabschiedete sich. Die drei Frauen saßen in ihrem Zimmer. Luna war am aufgeregtesten. Sie konnte sich gar nicht richtig beruhigen. Otekah nahm sie in den Arm und sprach: „Es wird alles gut. Wir werden hinfliegen. Ich verspreche dir, dass alles gut wird."

Luna weinte nun und sprach: „Du kannst das doch gar nicht versprechen. Wenn ich Onatah verliere, möchte ich auch nicht mehr leben."

Corinna sagte zu Luna: „So etwas darfst du nicht sagen. Wir werden hinfliegen und sie retten. Wir werden nicht zulassen, dass ihnen was passiert!"

„Onatah, Frank und Gabriel wird nichts passieren. Wir müssen ganz tief daran glauben. Die Hoffnung dürfen wir nicht aufgeben!" meinte auch Otekah.

„Du hast Recht. Wir dürfen nicht aufgeben. Ich finde es auch gut, dass Saydala mitkommt." Luna nickte. Saydala war eine Außerirdische. Sie stammt vom Planeten Manor. Sie hatten sie auf der Suche nach Otekah vor ein paar Jahren aus der Sklaverei gerettet. Dabei hatte Saydala sich

in Gabriel verliebt. Später auf der Erde hatten sie
dann geheiratet.

Es dauerte keine Stunde, da meldete sich der
afrikanische Botschafter bei der
Raumfahrtbehörde, Dr. Miller, wieder: „Also. Wir
haben beschlossen, dass sie drei der
Rettungscrew angehören werden. Außerdem
fliegen Saydala Hurts, Samantha Brown und die
brasilianische Ingenieurin Moema Potira mit. Wir
werden noch einen Eisspezialisten brauchen.
Aber das ist kein Problem. Morgen werden wir
Sie drei aus Arusha abholen. Wir fliegen sie von
der San-Marco-Station in Kenia auf die
Raumstation Okavango. Dort trifft sich die
gesamte Crew. Wir geben Ihnen die Aminata. Sie
wird für die Rettung ausgerüstet!"

2.

Corinna, Luna und Otekah kamen auf der
Weltraumstation Okavango an. Dort erwartete
sie schon Dr. Akono Miller.

„Hallo. Ich freue mich, sie zu sehen. Die anderen
Crewmitglieder sind auch schon da." sagte Dr.
Miller.

Corinna fragte: „Sie sprachen von einem Eisspezialisten! Wer ist es?"

„Es ist Henry Goodman. Er kommt von den Forschungsstationen auf Grönland und Baffin-Island." antwortete Dr. Miller.

Corinna fragte überrascht: „Goodman? Ist er verwandt mit Peter Goodman?"

Dr. Miller nickte: „Ja. Peter war sein Bruder."

Corinna kamen jetzt wieder die Ereignisse bei der Gaiaexpedition ins Gedächtnis. Peter Goodman war einer ihrer Kameraden bei der Expedition. Er hatte sich mit einer außerirdischen Krankheit infiziert und ist daran gestorben. Der Verlust schmerzte damals sehr. Peter Goodman, Petra Dunkelmann und Matti Sillanpää waren damals ums Leben gekommen. Auch heute, nach fast zwanzig Jahren, ging der Tod ihrer drei Kameraden Corinna noch sehr nahe.

Dr. Miller führte sie auf der Station in einen kleinen Raum. Dort saßen die anderen schon. Die Begrüßung mit Saydala und Samantha fiel sehr herzlich aus.

Dr. Miller stellte ihnen Moema Potira und Henry Goodman vor und erklärte: „Ich begrüße Sie alle jetzt noch einmal offiziell seitens der Weltraumbehörde. Wie Sie wissen, geht es um eine Rettungsaktion. Das System Alpha Centauri ist bekanntlich unser Nachbarsystem. Keiner der fünf Planeten befindet sich in der habitablen Zone. Der zweite Planet ist von seiner Oberflächenstruktur ähnlich der Monde Enceladus und Europa. Wir hatten uns also nun entschlossen, dort nach Leben zu suchen. Der Planet, er heißt nun offiziell Satyr, ist etwas kleiner als die Erde. Unter seiner Eisdecke vermuten wir einen gigantischen Ozean. Dort könnte sich Leben entwickelt haben. Die Neigung der Rotationsachse des Planeten beträgt 10 Grad." Dr. Miller räusperte sich etwas, nahm einen Schluck Wasser und sprach weiter, „Die Expedition hatte nun die Aufgabe, ähnlich wie bei den beiden Eismonden, sich durch den Eispanzer zu bohren und mit einem Unterseeboot den darunter liegenden Ozean zu erforschen. Oben auf der Oberfläche blieb eine automatische Station. Seit drei Tagen sendet diese Station ein ständig wiederholendes Notsignal. Wir haben keinen Kontakt mehr zu der Crew. Mehrere Informationen kann ich Ihnen leider nicht geben. Mehr wissen wir auch nicht."

Corinna fragte: „Wann können wir starten?"

Dr. Miller sagte darauf: „Die Aminata wird morgen fertig sein. Wir haben die Brücke etwas umgestaltet. Einen neuen Quantenschirm haben wir ebenfalls auf der Brücke. Auch wurden drei zusätzliche Module angebracht. Die Mannschaft ist nun etwas größer als sonst. Außerdem müssen wir damit rechnen, die gerettete Mannschaft aufzunehmen. Deren Raumschiff könnte ja defekt sein. Ich gebe Ihnen hier einen neuen Schiffsplan. Im Prinzip ist alles beim alten. Nur hinten sind ein paar neue Kabinen. Ganz hinten ist ein Frachtraum für Landeschiff und Bohrschiff. Sie werden schon zurechtkommen."

Samantha fragte: „Wie ist die Bewaffnung?"

„Die übliche Bewaffnung. Also Laserkanonen, Graviwellenwerfer und Torpedos. Außerdem ist ein Bohrschiff zur Rettung an Bord." antwortete Dr. Miller.

Corinna wollte wissen: „Wie viele Essensrationen sind an Bord?"

Samantha lachte: „Das ist wieder typisch. Nur Happenpappen im Kopf!"

Corinna schaute unschuldig und sprach: „Man wird ja noch mal fragen können!"

Dr. Miller lächelte: „Ausreichend für alle, einschließlich der eventuell Geretteten für ein Jahr."

„Wie ist die Kommandostruktur?" wollte Henry Goodman wissen.

Dr. Miller lächelte: „Corinna Mumba ist natürlich die Kommandantin. Sie kennt auch das Schiff sehr gut. Ihre Stellvertreterin ist Samantha Brown. Für die Kommunikation ist Moema Potira verantwortlich, Ärztin ist Luna Korhonen, Technikerin Saydala Hurts. Haben Sie sonst noch irgendwelche Fragen? Nein? Gut, dann sehen wir uns morgen früh um 9.00 Uhr vor Startrampe drei.“

Dr. Miller verabschiedete sich. Die Mitglieder der Crew gingen alle in ihre Quartiere. Als Corinna in ihr Zimmer kam leuchtete die Signallampe des Holophone.

„Wer wollte mich denn jetzt noch sprechen? Egal! Erst wird geduscht!“ sprach sie zu sich selbst. Sie zog sich aus und ging in die Dusche. Nach dieser Erfrischung setzte sie sich nur im Bademantel bekleidet an ihr Holophone. Sie sah, dass Fred versucht hat, sie zu erreichen. Sie betätigte den Rückrufsensor. Fred erschien vor ihr auf dem Holostuhl.

„Hallo Fred! Was gibt es?“ rief sie.

„Ich wollte dich nur noch einmal sehen. Wann genau startet ihr?“

„Morgen Vormittag. Gegen 9.00 Uhr geht es an Bord.“

„Pass auf dich auf. Ich vermisse dich jetzt schon.
Ich würde Dir am liebsten jetzt einen Kuss geben.
Ich liebe dich.“

„Ich würde Dich jetzt auch gern küssen. Ich liebe
dich auch. Bis bald!“ Corinna machte einen
Handkuss. Dann erlosch das Holophone.

3.

Am nächsten Tag um 9.00 Uhr standen alle an
der Startrampe drei. Dr. Miller verabschiedete
die Crew: „Also, ich will es kurz machen. Viel
Erfolg. Und kommen Sie gesund wieder. Wir
werden uns täglich über Tachyonphone
verständigen! Auf Wiedersehen.“

„Auf Wiedersehen.“ sprach auch Corinna.
Dann ging die Crew an Bord. Zunaächst ging
jeder in seine Kabine, um die persönlichen
Sachen abzulegen. Nach einer halben Stunde
trafen sie sich auf der brücke. Dort nahm jeder
seinen Platz ein. Corinna setzte sich nach Hinten
in die Mitte. An den vorderen Pulten saßen
Samantha und Saydala. An dem Pult rechts
neben ihr saß Moema und auf den Plätzen links
saßen Luna und Henry. Corinna wackelte etwas
an ihrem Sitz. Samantha drehte sich zu ihr.

„Stimmt etwas nicht?" wollte Samantha wissen.

„Doch, doch. Alles in Ordnung. Ich werde mich an diesen Sitz schon gewöhnen. Er ist nur nicht so bequem wie der alte Sitz."

Moema meldete: „Wir werden gerufen. Es ist noch einmal Dr. Miller!"

„Auf den Hauptschirm!" befahl Corinna.

Auf dem Hauptschirm erschien Dr. Miller: „Ich habe soeben die Meldung erhalten, dass das Notsignal nicht mehr sendet. Wir müssen also mit dem Schlimmsten rechnen."

„Es wird alles gut gehen. Wir werden sie heil nach Hause bringen." versprach Corinna.

„Also, nochmals alles Gute!" sagte Dr. Miller.

„Alles klar. Bis bald." sagte Corinna.

Corinna hielt kurz inne und sprach dann: „Ihr habt es gehört. Auf uns kommt es jetzt an. Holen wir unsere Leute heim. Alles klar?"

„Alles klar!" sprach Samantha.

„Okay. Sam, starte die Triebwerke und dann Kurs auf Alpha Centauri!" befahl Corinna.

„Eye, eye Käpt'n!" meldete Samantha.

Die Triebwerke wurden gestartet. Wie immer gab es ein leichtes Vibrieren. Die Andockklammern lösten sich und die Aminata entfernte sich langsam von der Station Okavango.

„Blick achtern!" befahl Corinna.

Auf dem Hauptschirm erschien die Station. Langsam wurde sie immer kleiner.

„Wie ist die Entfernung zur Station?" fragte Corinna.

„Zwei Kilometer!" meldete Samantha.

„Blick wieder nach vorn, Annihilation vorbereiten und auf Lichtgeschwindigkeit gehen. Nach dem Asteroidengürtel gehen wir auf Warpgeschwindigkeit bis zum Kuipergürtel!"

„Eye, eye, Käpt'n!" antwortete Samantha.

Durch das Schiff ging ein kaum zu spürender Ruck. Der Bildschirm wird immer heller bis er nur noch im leuchtenden Weiß glänzte. Die Lichtgeschwindigkeit war erreicht. Auf der kurzen Wegstrecke zum Asteroidengürtel spielte auch die Zeitdilatation kaum eine Rolle. Durch das künstliche Gravitationsfeld hat man von der plötzlichen Beschleunigung nichts bemerkt.

„Sam, bitte die Simulation auf den Schirm!" sprach Corinna.

Der Hauptbildschirm zeigte nun eine Computersimulation, sodass man auch wahrnehmen kann, was sich in Flugrichtung befindet. Im Kuipergürtel drosselte die Aminata auf zweidrittel Lichtgeschwindigkeit. Dort setzten sie einen Satelliten aus, welcher die Übertragung von Tachyonen zwischen Erde und der Aminata sichern sollte. Nach dem Kuipergürtel ging es dann mit Warpgeschwindigkeit bis an den Rand von Systems Alpha Centauri. Die Aminata braucht dazu drei Tage. Alle, außer Henry Goodman, hatten bereits Raumerfahrungen. Die Crew wechselte sich in Schichten alle acht Stunden ab. Corinna führte die erste Schicht zusammen mit Otekah und Henry, Samantha die zweite mit Saydala und Moema mit Luna die dritte Schicht. Das ist eingespielt, das gibt es bei jeder Weltraummission. Das System Alpha Centauri hat keinen Kometengürtel, da es ein Dreifachsystem ist. Alpha Centauri A hat fünf Planeten, Alpha Centauri B hat drei Planeten und Proxima Centauri einen Planeten. Alle Planeten sind Gesteinsplaneten.

Als sie nach drei Tagen am Rand des Dreifachsystems angelangt waren, hatte gerade Corinna Dienst. Auch dort wurde ein Satellit stationiert. Samantha kam mit Saydala auf die Brücke, um ihre Schicht anzutreten. Corinna gab ihr bei der Übergabe bekannt, dass sie wie vorgesehen, die Warpgeschwindigkeit auf Lichtgeschwindigkeit reduziert hat. Sie hatte auch neue Scans vom gesamten System durchgeführt. Es gab allerdings keine neuen Erkenntnisse. Von dem Raumschiff Rangi gab es keine Spur.

„Sam, ihr nehmt Kurs auf Satyr. Macht aber ständig neue Scans. Es könnte ja möglich sein, dass wir eine Spur der Rangi finden." sprach Corinna.

„Alles klar. Wird gemacht." antwortete Samantha.

„Na gut. Morgen machen wir dann eine andere Schichteinteilung. Dann werden wir bei Satyr angelangt sein. So, ich gehe dann erst einmal etwas essen. Wer kommt mit?" Corinna schaute die anderen an.

„Ich komme mit!" sagte Otekah. Henry wollte lieber erst in den Fitnessraum.

In der Kombüse waren gerade Moema und Luna beim Frühstück. Als Corinna und Otekah hereinkamen standen sie gerade auf.

„Guten Morgen, gut geschlafen?" fragte Corinna.

„Es ging. Wir sind schon etwas aufgeregt. Nur noch einen Tag, dann sind wir da. Gab es in eurer Schicht etwas Aufregendes?" fragte Luna.

„Nein. Nichts Besonderes. Wenn es von der Rangi eine Spur gäbe, hätten wir euch schon benachrichtigt!" sagte Corinna.

„Okay. Na dann bis später." sagte enttäuscht
Saydala.

Corinna und Otekah setzten sich und nahmen
eine warme Mahlzeit ein.

„Schmeckt deine Pizza?" fragte Corinna.

„Ausgezeichnet. Und dein Steak?"

„Ebenfalls ausgezeichnet."

Corinna merkte, dass Otekah etwas unruhig war.
Sie schaute manchmal grübelnd zur Seite,
während sie ihre Pizza aß.

Corinna fragte: „Alles in Ordnung?"

Otekah nickte: „Ja, ja, alles in Ordnung!"

Corinna schaute skeptisch: „Ich kenne dich. Du
wirkst etwas abwesend. Machst du dir Sorgen
um Frank?"

Otekah nickte wieder: „Ja, ich mache mir große
Sorgen. Auch um Onatah."

Corinna sagte zuversichtlich: „Wir werden sie
finden. Du bekommst deinen Frank gesund
wieder!"

Otekah lächelte: „Ich hoffe es. Wir sind jetzt das
fünfte Jahr zusammen. Es ist das erste Mal, dass
wir getrennt wurden. Frank wollte unbedingt an
dieser Expedition teilnehmen. Ich war natürlich
einverstanden. Und jetzt das. Ich mache mir
Vorwürfe, dass ich ihn nicht davon abgehalten
habe."

Corinna wollte sie beruhigen: „Du brauchst dir keine Vorwürfe zu machen. Wir alle sind Raumfahrer. Da kann immer etwas passieren. Ich bin mit Fred jedes Jahr für mehrere Monate getrennt. Wir haben uns daran gewöhnt."

Otekah lächelte etwas traurig: „Ja schon. Aber unsere Situation ist etwas anders. Ich bin 22 Jahre älter als Frank. Wir haben zusammen nicht so viel Zeit, wie du und Fred."

Corinna fragte: „Ist der Altersunterschied für euch ein Problem?"

Otekah schüttelte den Kopf: „Nein, eigentlich nicht. Wir lieben uns. Aber ich bin jetzt in den Wechseljahren. Da ändert sich ja einiges."

Corinna lachte: „Oh ja. Das kannst du laut sagen. Ich bin mittendrin. Aber sexuell ist das für uns kein Problem. Es ist immer noch genauso schön wie früher."

Otekah nickte: „Das ist bei uns genauso. Ich hoffe nur, dass dies so bleibt."

„Wieso nicht? Hast du Angst, dass Frank dich mal verlässt?" fragte Corinna.

Otekah sagte: „Naja. Ich bin 55 und er 33. Da kann es irgendwann auch mal ein sexuelles Problem geben."

Corinna runzelte etwas die Stirn: „Das kommt auf euch beide an. Manche sind bis ins hohe Alter sexuell aktiv. Und wenn man viele Jahre zusammen ist, spielt der Altersunterschied bestimmt keine Rolle mehr."

Otekah holte tief Luft: „Ich hoffe es. Auf jeden Fall vermisse ich ihn."

Corinna nickte: „Ich vermisse meinen Fred auch. Das tue ich immer. Aber nun wird kein Trübsal mehr geblasen. Ich sage noch einmal: Wir werden sie finden und gesund Heim bringen. Okay?"

Otekah holte erneut tief Luft: „Okay!"

Nach diesem Gespräch gingen beide noch in den Fitnessraum. Dort strampelte Henry gerade auf dem Ergometer. Als er die beiden Frauen sah, hörte er auf, grüßte kurz und ging in die Kombüse, um zu essen.

„Etwas eigenbrötlerisch dieser Henry." sagte Otekah.

„Ja, aber das wird schon. Er wird sich schon an uns Weiber gewöhnen." sprach Corinna.

Die beiden Frauen lachten und gingen an die Geräte, um zu trainieren. Das tägliche Training gehörte in der Raumfahrt seit jeher zur Routine.

4.

„Hast du die Station entdeckt?“ fragte Corinna.

„Ja, sie liegt direkt unter uns!“ antwortete Samantha.

„Zeig uns die Scans auf dem Schirm!“ sprach Corinna.

Auf dem Hauptschirm war die Station zu sehen. Deutlich sah man auch die Umrisse des Bohrlochs. Es war allerdings schon längst wieder zugefroren. Was man nicht sah, waren irgendwelche Bewegungen. Nichts deutete auf Aktivitäten hin.

„Ruf die Station!“ sagte Corinna.

Nichts tat sich. Es kam keine Antwort. Auch die Infrarotkameras zeigten nichts.

„Das verstehe ich nicht. Piedro Suarez und Aurelia Popescu sollten eigentlich oben bleiben und Kontakt halten. Bis jetzt habe ich gehofft, dass es ein technisches Problem mit der Funkanlage gibt.“ sprach Corinna.

„Wir könnten zunächst eine Sonde hinunter schicken.“ sagte Saydala.

„Okay. Sam, mach eine Sonde fertig!“ befahl Corinna.

Die Sonde startete. Nach zehn Minuten war sie bei der Station. Samantha ließ sie langsam über der Station kreisen. Sie machte dabei intensive

Scans. Aber das Ergebnis war ernüchternd. Die Station war wie ausgestorben.

„Okay. Samantha, mach du bitte das Landeschiff fertig. Wir gehen hinunter. Saydala, du wirst Samantha begleiten." sprach Corinna.

Fünf Minuten später flog die Landefähre in Richtung Satyr. Nach weiteren zehn Minuten landete das kleine Schiff bei der Station. Samantha und Saydala stiegen aus und gingen zu den Containerkuppeln. Neben der Station stand das Raumschiff Rangi. Der Eingang zu der Kuppel war nicht verschlossen. Als Samantha vor der Tür stand, ging sie gleich automatisch auf. Beide Frauen gingen hinein. Die Tür schloss sich. Dunkelheit umgab sie. Sie machten ihre Handlampen an. In diesem diffusen Licht sah alles sehr mystisch aus. Saydala holte ihren Handscanner heraus und scannte das Innere der Kuppel.

„Hier drinnen ist es sehr kalt. Minus 110 Grad Celsius. Die Klimaanlage ist entweder defekt oder ausgeschaltet. Es gibt auch keine Atmosphäre hier drinnen. Das Lebenserhaltungssystem ist wahrscheinlich ebenso defekt oder aus." stellte Saydala fest.

Die zwei Frauen gingen in den nächsten Raum. Dort war die Zentraleinheit der Station.

Samantha und Saydala gingen zu dem Zentralcomputer. Er war nicht eingeschaltet und standauch nicht auf Bereitschaft. Samantha konnte sich nicht erklären, warum. Es schien, als hätte jemand bewusst den Computer ausgeschaltet. Nun standen beide Frauen direkt vor dem Pult mit der Tastatur. Trotz Sensoren, Stimmenerkennung und Gesichtserkennung gab es immer noch Tastaturen für den Notfall. Ein Knopfdruck genügte und der Computer ließ alle Systeme wieder hochfahren. Saydala drehte sich um und erschrak fürchterlich. Sie stieß einen gellenden Schrei aus. Was sie sah, ließ ihr den Schreck durch Mark und Bein gehen. Samantha drehte sich daraufhin ebenfalls um. Auch sie erschrak. Sie rief das Schiff Aminata.

„Ja, hier die Aminata. Was gibt es?" fragte Corinna.

Samantha antwortete mit zitternder Stimme: „Wir haben hier zwei..., zwei Leichen gefunden. Ich gehe jetzt zu Ihnen. Ich melde mich wieder!"

Samantha und Saydala gingen zu den leblosen Körpern. Sie lagen beide ohne Raumanzug auf dem Bauch. Samantha drehte den ersten Körper um. Durch die Kälte war der Körper steif gefroren. An Gesicht und Händen glitzerten Eiskristalle. Auf der grauen Uniform war ein

Schild. Darauf stand Piedro Suarez. Saydala drehte den anderen Körper um. Auf dem Brustschild stand der Name Aurelia Popescu. Diese hatte den Arm ausgestreckt. Samantha meldete es Corinna.

„Oh nein. Was ist hier nur passiert. Sam, bring die zwei Toten mit auf die Aminata. Luna wird eine Obduktion durchführen." sagte Corinna.

„Okay. Ich habe die Systeme wieder aktiviert. Sie scheinen alle einwandfrei zu funktionieren." sprach Samantha immer noch mit zittriger Stimme.

„Gut. Dann kommt zunächst wieder zurück. Wir untersuchen die Station weiter, wenn wir wissen, woran die zwei gestorben sind. Bring auch die Daten vom Speicherkern zur Auswertung mit." sagte Corinna.

Samantha und Saydala verstauten die zwei Toten. Die Station wurde gesichert. Dann hob die Landefähre ab in Richtung der Aminata. Dort angekommen warteten schon Corinna und Luna. Saydala und Luna brachten die Toten zur Obduktion in das medizinische Labor. Samantha sollte inzwischen die Daten des Logbuchs der Station auswerten.

Am nächsten Tag war dann die erste Auswertung. Die gesamte Crew hat sich auf der Brücke versammelt.

Zunächst berichtete Luna: „Also, die Obduktion ergab zunächst nur so viel, dass beide wahrscheinlich erschlagen wurden. In einem Graviwellenbad habe ich beide Körper aufgetaut. Es hat schon ein paar Stunden gedauert. Ich habe Spuren eines stumpfen Gegenstandes am Hinterkopf gefunden. Genauere Untersuchungen über innere Verletzungen mache ich heute." Luna musste tief Luft holen. Bei ihren Ausführungen hatte ihre Stimme leicht gezittert.

Dann sprach Samantha: „Das Logbuch enthielt keine genauen Informationen. Es gibt Bildaufnahmen. Allerdings sind diese sehr schlecht. Ich habe Schatten gesehen. Dann war plötzlich Schluss. Nur einen Satz habe ich verstanden. Aurelia schrie nach Hilfe, dann rief sie Piedro, dann gab es einen dumpfen Knall und das war's." Auf dem Hauptschirm konnten alle die Aufnahme verfolgen.

Alle saßen erst einmal schweigend da. Jedem sah man die Erschütterung an. Sie hatten zwei Kameraden gefunden, welche offensichtlich erschlagen wurden.

„Was machen wir jetzt?" fragte Moema.

Saydala sprach: „Wir müssen sofort die anderen suchen. Wer weiß, ob sie noch am Leben sind." Saydala war tief bestürzt und aufgeregt. Auch Luna ging es sehr ans Herz. Sie dachte an Onatah. Otekah sagte mit zittriger Stimme: „Frank...!" Otekah stand auf, schluchzte und verließ den Raum.

Corinna holte mehrmals tief Luft und sprach dann: „Das alles ist natürlich sehr, sehr schlimm. Aber wir müssen Ruhe bewahren. Wir werden als Nächstes die Station genauer untersuchen. Nach den ersten Spuren zu urteilen, sind sie ins Eis vorgedrungen. Wir haben eindeutig die Spuren des großen Bohrlochs gefunden. Außerdem war das Bohrschiff nicht mehr da. Es muss nicht sein, dass die Anderen auch tot sind. Sie können genauso im Eis unterwegs sein, ohne zu wissen, was passiert ist. Vielleicht dachten sie nur, dass die Funkverbindung abgerissen ist und haben die Expedition einfach fortgesetzt. Wir werden das Bohrschiff Aminata 1 klar zum Einsatz machen und auf dem Planeten unsere Freunde im Eis suchen. Moema und ich bleiben an Bord. Das Kommando auf Satyr übertrage ich Samantha."

Otekah kam wieder herein. Sie schnäuzte sich und sagte: „Entschuldigung. Ich konnte..., ich meine, ich wollte...!"

Corinna beruhigte sie: „Schon gut Otekah. Alles in Ordnung? Geht es wieder?"

Otekah nickte: „Ja, alles in Ordnung!"

Corinna nickte ebenfalls und sagte: „Okay, Schichtwechsel. Moema und ich haben jetzt Dienst. Samantha und Otekah bereiten die Expedition vor. Henry, du machst mit Saydala das Bohrschiff klar. Luna obduziert weiter. Aber denkt an eure Ruhezeit. Die wird unbedingt eingehalten. In acht Stunden machen Saydala und Henry hier auf der Brücke Dienst. Moema und ich werden euch dann nach acht Stunden wieder ablösen. Alles klar? Na dann los."

Am nächsten Tag war alles zur Expedition bereit. Samantha saß im Cockpit des Bohrschiffes. Sie ging mit Otekah nochmals die gesamten Systeme durch. Henry machte Scans vom Eis. Saydala hielt die Kommunikation mit Corinna im Mutterschiff. Luna saß mit im Cockpit. Sie hatte am Abend zuvor die Obduktion der zwei Toten beendet. Sie ergab nichts Neues. Beide waren eindeutig auf Grund von harten Schlägen auf dem Hinterkopf ums Leben gekommen. Corinna sprach noch einmal mit Samantha und gab ein paar

Anweisungen durch: „Vor allem, ich will ständig Bescheid wissen, was so passiert. Alles, und sei es noch so unbedeutend, will ich wissen. Setzt nach und nach in gleichen Intervallen Bojen aus. Also, dann los. Alles Gute und viel Glück.“
„Danke. Auch an Euch alles Gute und viel Glück!“ antwortete Samantha.

5.

Samantha schaltete die Triebwerke ein. Langsam fraß sich das Bohrschiff in das Eis. Meter für Meter ging es vorwärts. Durch das künstliche Gravitationsfeld merkten sie nicht, dass sie kopfüber fuhren. Die letzten Scans zeigten, dass hier die Eisschicht relativ dünn war. Hier war sie nur acht Kilometer dick. Samantha hatte acht Stunden für diese Fahrt eingeplant. Die Bohrer erzeugten viel Wärme. Dadurch wurde es leichter, durch das Eis zu kommen. Je tiefer sie vordrangen, umso dichter und härter wurde das Eis. Es war fest wie Granit. Ein Scanner zeigte an, wie das Eis vor ihnen beschaffen war. Und so kam es, dass plötzlich ein Alarmsignal ertönte. Samantha ließ den Antrieb stoppen.
„Vor uns ist ein Hohlraum!“ rief Henry.

„Wie groß ist er?" wollte Samantha wissen.

Henry antwortete: „Fünfzig Meter breit und lang und elf Meter hoch."

Samantha sagte daraufhin: „Was ist im Inneren des Hohlraumes?"

„Er ist einfach nur hohl. Kein Gas, keine Flüssigkeiten. Das einzige ist ein sehr kleiner metallischer Einschluss am Rande des Eises zum Hohlraum!" antwortete Henry.

Samantha fragte: „Kannst du feststellen, um was für ein Metall es sich handelt?"

Henry schüttelte den Kopf: „Nein. Es ist nicht genau festzustellen. Der Scanner registriert nur frei bewegliche Elektronen. Ich kann nicht feststellen, um was für ein Metall es sich handelt. Eigenartig!"

Samantha überlegte kurz und fragte: „Wie hoch ist die Temperatur des Metalls?"

Henry schaute auf die Anzeige und antwortete: „Minus 80 Grad Celsius!"

Samantha sprach: „Okay. Wir fahren von der Seite aus gerade hinein."

Der Antrieb wurde wieder gestartet. Sie fuhren nun wie geplant von der Seite her in den Hohlraum hinein. Sie gingen dabei sehr vorsichtig vor. Sie wollten unbedingt vermeiden, dass die Decke des Hohlraumes nachgibt. Als sie das Eis vollständig verlassen hatten, hielt das Schiff an. Samantha entschied in Absprache mit Corinna, dass Zwei aussteigen sollten, um das Metall zu untersuchen und Proben zu nehmen. Zunächst scannte man noch einmal ausführlich die Umgebung. Die Scheinwerfer leuchteten den Hohlraum aus. Beim Ausstieg dämpften sie das Licht. Die Reflexion war doch sehr stark.

Saydala und Henry machten sich zum Ausstieg fertig. Sie nahmen ihre Handscanner mit. Als beide ausgestiegen waren, schaltete Samantha die Beleuchtung auf sehr schwach. Zusätzlich schalteten Saydala und Henry ihre Helmlampen ein. Sie gingen sehr langsam und scannten ständig den Untergrund. Die Wände, die Decke und der Boden des Hohlraumes waren erstaunlich glatt. Es war eine spiegelglatte, fast makellose Eisfläche. Langsam näherten sie sich dem metallischen Gegenstand im Hohlraum. Dieser Gegenstand schien direkt auf der Eisfläche auf dem Boden zu liegen. Dort angekommen leuchtete Henry direkt den Gegenstand an. Er war nur zehn Zentimeter lang. Henry bückte sich und hob ihn auf. Ein erster Scann brachte eine Überraschung. Henry zeigte Saydala das Ergebnis.

Saydala war überrascht: „Das gibt es doch gar nicht. Wir müssen das sofort dem Schiff melden."

Henry rief: „Hallo Samantha!"

Samantha antwortete: „Ich kann Euch hören. Was müsst Ihr uns sofort melden?"

Henry sagte: „Es ist einfach unglaublich. Ich schwöre Euch, dass glaubt Ihr nicht!"

Otekah wurde ungeduldig: „Nun sprich schon. Spann uns nicht länger auf die Folter. Was würden wir nicht glauben?"

Henry sprach daraufhin: „Also, das hier ist eine kleine Messingplatte. Ich muss es noch genauer im Labor untersuchen. Aber auf den ersten Scann sieht es aus wie weißer Tombak!"

Samantha fragte erstaunt: „Weißer Tombak? Wie kommt das wohl hierher?"

Henry meinte: „Auf natürliche Art und Weise auf jeden Fall nicht!"

Samantha überlegte und sprach: „Okay. Pack die Platte ein und dann kommt vorsichtig, aber so schnell wie möglich zurück!"

Saydala hob die Hand und winkte: „Okay, bis gleich."

Saydala und Henry beeilten sich. Es war ihnen nicht geheuer. Der Fund der Metallplatte war sehr mystisch. Was konnte es nur bedeuten? Im

Bohrschiff angekommen, machte sich Henry sofort daran, dass Metallplättchen zu untersuchen. Samantha machte unterdessen das Schiff wieder klar zum Weiterfahren. Sie hatten immerhin noch fünf Kilometer vor sich. Das Bohrschiff setzte sich wieder in Bewegung. Fast senkrecht fraß es sich durch das Eis. Nach einer Stunde hatte Henry das Laborergebnis.

Henry erklärte: „Es ist weißer Tombak. Manche sagen auch Weißkupfer dazu. Ich habe aber hierbei noch etwas sehr Erstaunliches entdeckt...!" Henry schaute Samantha an.

Samantha schaute Henry an und sagte: „Nun sag schon. Mach es nicht so spannend!"

Henry setzte eine wichtige Miene auf und sagte: „Es ist auf keinen Fall von hier. Es ist allerdings auch nicht von der Erde! Die Isotopenanalyse ergab das eindeutig."

Samantha fragte erstaunt: „Bist du sicher?"

Henry nickte mit dem Kopf: „Ich bin mir ganz sicher. Es kann auch nicht von unseren Leuten kommen. Mir ist nicht bekannt, dass wir solche Metallplatten irgendwo verwenden. Es liegt auch schon mehrere Jahre hier. Es ist aber auf jeden Fall künstlich hergestellt. Auf natürliche Weise kann das nicht vorkommen."

Saydala erwiderte ungläubig: „Eine fremde Intelligenz?"

Henry nickte erneut: „Eindeutig. Ich kann es auch keinem System von den Isotopen her zuordnen. Allerdings kennen wir auch noch nicht allzu viele Sonnensysteme so genau."

Samantha stellte überrascht fest: „Es war also schon jemand vor uns hier! Na gut. Wir sind das ja gewohnt."

Henry schaute ein wenig verdutzt, weil Samantha das so unaufgeregt hinnahm. Für Henry war es schon etwas aufregend. Es war seine erste interstellare Reise. Er kannte nur das heimische Sonnensystem. Er war bisher nur auf den Monden Enceladus und Europa.

Unterdessen war das Schiff fast durch das Eis. Nur noch wenige hundert Meter und man hat es geschafft. Der Übergang vom Eis zum flüssigen Wasser war etwas heikel. Nur sehr langsam verließ man das Eis, um im Wasser einzutauchen. Es gelang aber ohne Probleme. Samantha setzte eine letzte Boje für die Funkverbindung mit der Aminata aus. Das Wasser hatte einen Druck wie in der Tiefsee der Erde. Auch die Temperatur war mit drei Grad Celsius ähnlich. Samantha scannte die Umgebung. Nichts Auffälliges war zu bemerken. Nun schaltete sie auch die

Scheinwerfer ein. Es war erstaunlich. Sie sahen im Wasser kleinste Lebewesen. Nicht nur die chemische Zusammensetzung war wie in der irdischen Tiefsee, sondern auch die Fauna schien ähnlich zu sein. Bioscans zeigten, dass es hier sogar Fische gab. Plötzlich huschte ein langgestreckter Körper im Scheinwerferlicht vorbei. Auf den Scans war zu sehen, dass es sich um einen etwa zwei Meter langen armdicken Fisch handelte.

„Wie eine Muräne." stellte Samantha fest. Saydala stand auf und verließ das Cockpit. Nach zehn Minuten kam sie mit Tee und einen Snack für alle zurück.

„Wir dürfen das Essen nicht vergessen." sprach Saydala und gab jedem seine Mahlzeit. Sie aßen während das Schiff langsam zu Boden sank. Es dauerte noch etwa eine Stunde, bis das Schiff den Boden erreichte. Auch hier gab es vielfältiges Leben. Sie sahen kleine Tiere, welche sich krabbelnd über den Boden bewegten. Dann kam plötzlich ein Tier, das aussah wie ein Rochen. Es stürzte sich auf eine kleine Krabbe und fraß sie. Samantha scannte gerade die Umgebung, als Luna und Otekah das Cockpit betraten.

„Schichtwechsel!" rief Otekah. Sie hatten vereinbart, dass man sich alle zwölf Stunden abwechselte. Samantha unterrichtete die beiden über den Stand der Dinge und gab auch einen Funkspruch an Corinna ab.

Otekah machte sehr umfangreiche Scans. Da man nicht wusste in welcher Richtung das vermisste Schiff fuhr, war man auf Scans angewiesen. Samantha wollte eine topografische Karte erstellen. Mit den Langstreckenscannern konnte man unter Wasser bis zu einhundert Kilometer auf Nanometer genaue Scans durchführen. Nichts konnte man übersehen. Der Computer registrierte alles. Er war auch so programmiert, dass nichts entgehen konnte. Aber nichts konnte man feststellen. Es gab ein paar Unebenheiten am Meeresgrund, aber nichts Auffälliges. Da entschloss sich Otekah, einige Sonden auszusenden. Dabei kam erstaunliches heraus. Ihr Bohrschiff war inmitten einer flachen Ebene am Meeresgrund gelandet. Diese Ebene war eingerahmt von unterseeischen Höhenzügen und Bergen. Es sah fast so aus, als wären sie inmitten eines gigantischen Kraters gelandet. Der Rand des Kraters war bis zu eintausend Meter hoch. Ein Berg reichte bis ins ewige Eis. Sein Gipfel war sogar über dem Eis. Dieser Berg war vom Meeresgrund aus zu sehen und zehntausend Meter hoch, also höher als der

Mount Everest. Während Otekah eine Karte vom Meeresgrund aus erstellte, wurde von der Aminata aus durch Sonden eine Karte von der Oberfläche des Eisplaneten erstellt. Durch Computersimulationen errechnete Corinna, dass der Planet, wäre er in der habitablen Zone, aussehen könnte wie die Erde. Durch das Schmelzen des Eises würden Kontinente und Inseln entstehen, es gäbe Gebirge, Hochebenen und Täler.

Otekah ließ den Computer alle metallischen Dinge anzeigen. Dabei entdeckten sie mehrere große Metallansammlungen auf dem Planeten. Auf den Scans waren auch einige große Höhlen in den Bergen zu sehen. In einer sehr großen Höhle waren auch mehrere metallische große Gegenstände.

Beim nächsten Schichtwechsel trafen sich alle zu einer Beratung über das weitere Vorgehen. Otekah erklärte die Scans: „Hier, in diesem nördlichen Höhenzug, ist diese sehr große Höhle. Die Ausmaße sind geradezu gigantisch. Diese Höhle ist im Durchschnitt circa 2000 m hoch, 200 Km lang und 150 Km breit. Auf der Erde könnte es auf Grund der größeren Gravitation eine solche gigantische Höhle nicht geben. Hier haben wir mehrere metallische große Gegenstände ausgemacht. Gegenstände sind wahrscheinlich sogar falsch, denn auch diese Ausmaße sind groß. Diese sind so groß wie Häuser und stehen mitten in der Höhle."

Samantha fragte: „Könnte das unser vermisstes Bohrschiff sein?"

Otekah überlegte und sagte: „Ja, das könnte sein!"

„Ist noch etwas über die Höhle bekannt?" wollte Samantha nun wissen.

Otekah nickte: „Ja, die Höhle scheint eine Art Atmosphäre zu haben."

Saydala fragte: „Warum dringt kein Wasser dort ein?"

Luna zeigte auf den Monitor: „Schau hier. Die Höhle liegt über dem Meeresspiegel in diesem Höhenzug. Die Gipfel dieser Berge ragen großflächig aus dem ewigen Eis. Es ist wie eine riedige Hochebene. Und dort befindet sich die Höhle."

Otekah meinte: „Etwas anders ist noch interessant. Es gibt am Rande des Höhenzuges vulkanische Aktivität. Dies könnte dazu führen, dass es in der Höhle sehr warm ist."

Henry stimmte zu: „Wenn ich die Daten so sehe, könnte dies tatsächlich der Fall sein."

Samantha überlegte und sagte: „Ich denke, wir sollten uns das ansehen."

Henry nickte: „Finde ich auch. Unsere vermissten Kameradinnen und Kameraden werden genauso gedacht haben. Sie wollten sich das bestimmt auch ansehen!"

„Gut. Ich spreche mit Corinna." sagte Samantha. Samantha sprach mit Corinna. Sie kamen überein, dass sie diese Höhle untersuchen sollten. Samantha startete die Triebwerke. Das Schiff würde nur einen Tag benötigen, um zu dem Höhenzug zu gelangen.

6.

Während der Fahrt zu dem Gebirgsmassiv, in welchem die Höhle lag, machte die Crew sehr viele Scans von erstaunlichen Kreaturen der submarinen Welt. Es war erstaunlich, wie sehr sich diese Welt und die Welt der Tiefsee der Erde ähneln. Selbst Biolumineszenz gab es. Einige Tiere schienen auch Rezeptoren für Licht zu haben, obwohl es kein Licht gab.

Henry war überrascht: „Warum gibt es hier Biolumineszenz? Hier hat es nie Licht gegeben!

Der dicke Eispanzer auf dem Ozean verhindert dies!"

Saydala nickte: „Ja, das ist ein Rätsel. Spätere Expeditionen müssen das klären. Wir haben nicht die Zeit und die Mittel dazu."

Samantha überlegte und sagte dann: „Saydala hat Recht. Jetzt suchen wir erst einmal einen Zugang zur Höhle."

Das Gebirgsmassiv war eine über 4000 Km lange Kette von Bergen, weitestgehend Vulkane. Vom Charakter her ähnelt es den irdischen Anden. Samantha setzte eine Kommunikationsboje aus und ließ alle Sonden das Massiv abtasten. Corinna machte Scans vom Weltall aus. Nach mehreren Stunden ununterbrochenen Scans meldete sich Corinna: „Ich glaube, dass wir von hier oben einen Zugang gefunden haben. Er liegt mitten im Eis."

Samantha sprach: „Schick uns mal alle Daten!"

„Schon unterwegs!" sagte Corinna.

Samantha beauftragte Henry und Saydala mit der Analyse der Daten. Sie sollten eine Möglichkeit suchen, die Höhle zu erreichen. Unterdessen kamen Luna und Otekah zum Schichtwechsel. Samantha berichtete kurz.

Samantha sagte: „Saydala und Henry haben sich ins Labor zurückgezogen. Sie analysieren alle Daten. Ich werde mich mal zu ihnen gesellen."

Im Labor saßen Saydala und Henry am Terminal. Samantha ließ beide in die Kombüse kommen. Sie hatte Kaffee und ein Baguette für jeden bereitet.

Samantha fragte: „Also, wie weit seit ihr?"

Saydala erläuterte: „Es ist äußerst kompliziert! Wir müssten zurück durch das Eis zu diesem Eingang. Er liegt etwa einen Kilometer unter der Eisdecke. Wir können mit unserem Schiff nicht hinein. Der Stollen ist zwar groß genug, aber nicht gänzlich mit Eis gefüllt. Die Eisschicht reicht etwa einhundert Meter in den Stollen hinein. Das Bohrschiff der Rangi hat einen Kettenantrieb. Sie könnte hinein."

Henry meinte noch: „Das Eis ist dort auch sehr fragil. Wir müssten mit unserem Schiff bis kurz vor dem Ende der Eisbarriere im Stollen fahren. Dann einen Tunnel bauen für unser kleines Kettenfahrzeug. Mit diesem Kettenfahrzeug könnten wir durch den Tunnel in die Höhle eindringen."

Samantha überlegte: „Wir können aber mit dem Bohrschiff nicht auf Dauer mitten im Eis bleiben. Wir schaffen uns bekanntlich durch Wärme eine

Wasserblase um das Schiff. Diese Blase würde wieder zufrieren und das Schiff zerdrücken. Einen solch gewaltigen Druck kann unser Bohrschiff nicht aushalten."

Henry sprach: „Wir müssten also bis, einen Moment...", er tippte auf seinen Handscanner, „wir müssten bis zehn Meter, vielleicht sogar acht Meter, an das Ende des Eises im Stollen herankommen. Dann schaffen wir einen Tunnel für unser Amphibienfahrzeug."

Samantha gab zu Bedenken: „In dem Moment, wenn wir das Eis durchbrechen, würde die Wasserblase um unser Bohrschiff auslaufen. Wir haben also nicht viel Zeit."

Saydala nickte: „Richtig. Unser Amphibienfahrzeug müsste das Schiff sehr schnell verlassen und in den Stollen weiter vordringen und gleichzeitig muss das Bohrschiff wieder zurück ins Eis. Zuvor setzen wir noch eine Boje aus."

„Okay. So machen wir das." sprach Samantha.

Henry nickte: „Okay."

Samantha stand auf und sagte: „Ich gehe jetzt noch mal kurz ins Cockpit und spreche mit Otekah. Sie soll das Schiff schon mal in Gang setzen und Kurs nehmen. Und ihr beide habt nun

frei. Schlaft euch gut aus. In elf Stunden habt ihr
Dienst!"

Saydala meinte noch: „Du musst auch noch
ruhen!"

Samantha winkte kurz ab: „Jaja, ich spreche nur
noch mit Otekah und dann geh ich auch zu Bett.
Alles klar?"

Saydala und Henry gingen nun in ihre Kabinen.
Samantha ging unterdessen ins Cockpit und
sprach mit Otekah. Otekah startete die
Triebwerke und bereitet alles vor, um ins Eis
vorzudringen. Dann ging auch Samantha in ihre
Kabine. Dort nahm sie erst einmal eine Dusche.
Danach rief sie Corinna und erklärte ihr, wie sie
vorgehen werden.

Corinna fragte: „Wie wollt ihr das personell
abdecken?"

Samantha erklärte: „Henry und ich werden an
Bord der Aminata 1 bleiben. Otekah, Saydala und
Luna werden mit dem Amphibienfahrzeug in die
Höhle eindringen. Mit dem Bohrschiff werden
wir wieder in den Ozean abtauchen und dort ein
paar Untersuchungen machen. Wir werden noch
ein paar Kommunikationsbojen setzen. Anders
wird es nicht gehen."

Corinna überlegte: „Nein, anders geht es wohl nicht. Es ist ein riskantes Unternehmen. Wir müssen unbedingt ständig in Kontakt bleiben."

Samantha nickte zustimmend: „Das werden wir. Es wird schon schief gehen."

Corinna sagte: „Okay. Dann bis bald und alles Gute!"

Samantha winkte und sagte kurz: „Danke. Bis bald!"

Samantha holte tief Luft. Sie bemerkte die Sorgen, welche Corinna hatte. Sie war im Weltall zum Zuschauen gezwungen. Das mag sie gar nicht. Corinna hatte lieber das Heft selbst in der Hand. Es ging aber nicht anders. Sie beschloss, Otekah das Kommando für die Außenmission zu geben. Samantha stand auf und holte sich ein Glas Wasser. Sie schaute in den Spiegel und sprach: „Du wirst es schon schaffen Samantha. Alles wird gut." Dann ging sie zum Bett, zog sich aus und legte sich hin. Sie lag noch eine ganze Weile wach. Dann schlief sie schließlich doch ein.

Auf der Brücke hatten Otekah und Luna Dienst. Es sollte eigentlich ein langweiliger Dienst werden. Saydala machte unterdessen das Amphibienfahrzeug fahrbereit. Im Cockpit hatten Otekah und Luna nur Überwachungsaufgaben und ab und zu riefen sie das vermisste Schiff. Sie bekamen allerdings keine Antwort. Am nächsten Tag sollten Samantha und Henry den Tunnel herrichten. Das war an sich nichts Kompliziertes. Das Bohrschiff würde mit den Laserkanonen das Eis schmelzen. Da sie sich schon im Stollen befinden, würde das Eis nach vorne abfließen, wenn der Durchbruch gelingen sollte. Dadurch sollte dann dieser Tunnel entstehen. Kompliziert war nur, dass man die Decke des Stollens nicht beschädigen sollte. Sonst könnte es zum Einsturz kommen.

Luna und Otekah machten in der Nacht sehr umfangreiche Scans von der großen Höhle. Sie hatten diese Scans zwar schon einmal gemacht, aber mit irgendetwas mussten sie sich beschäftigen. Trotz der vielen automatischen Kontrollsystemen war es in Raumschiffen immer noch üblich, dass Crewmitglieder auf der Brücke Dienst hatten. Es wurde darauf auch geachtet, dass der Dienst nur in großen Ausnahmefällen länger als zwölf Stunden dauert.

Luna hatte für Otekah und sich einen kleinen Nudelsnack geholt. Als sie wieder kam, fragte sie nur: „Gab es was?"

Otekah schüttelte den Kopf: „Nein. Totenstille."

Luna meinte: „Wenn wir erst in der Höhle sind, ist es nicht mehr so ruhig."

„Nee, ganz bestimmt nicht. Wenn alles glatt geht, werden wir nach nur fünf Stunden bei unserem vermissten Schiff sein. Was wohl passiert war? Ich hoffe nur, dass alle noch am Leben sind. Warum melden sie sich nicht? Ich mache mir solche Sorgen!" sagte Otekah.

Luna nickte: „Ich mache mir auch Sorgen. Wenn Onatah was passiert, ich könnte es nicht ertragen. Ich werde wohl künftig nur noch mit ihr zusammen auf Expedition gehen!"

Otekah holte tief Luft und sprach: „Ich habe auch Angst um Onatah und Frank. Aber bei Frank und mir ist das etwas Anderes. Der große Altersunterschied ist schon nicht alltäglich. Frank hat noch viel vor. Ich kann ihm da nicht im Wege stehen. Ich werde mich auf einen Posten auf einer Außenstation bewerben. Und wenn er von einer Mission kommt, werden wir den Urlaub zusammen verbringen. Bei Corinna und Samantha funktionieren die Fernbeziehungen auch schon so lange so gut."

„Ja, da bewundere ich die beiden auch." stimmte Luna zu.

Beide Frauen schauten auf dem Monitor. Nichts tat sich da. Auch die Instrumente zeigten nichts Auffälliges. Als Henry zum Dienst erschien, gab es noch eine kleine Übergabe.

Henry klatschte in die Hände und sagte: „So, ihr zwei. Ihr habt jetzt zwölf Stunden Pause. Dann geht es los. Saydala habe ich bereits in die Koje geschickt. Samantha löst in zwölf Stunden dann mich ab. Alles klar? Gute Nacht!"

Luna und Otekah lächelten und gingen daraufhin noch etwas essen und dann in ihre Kabinen.

Am nächsten Tag saßen Otekah, Luna und Saydala im Amphibienfahrzeug. Vom Schiff meldete sich Samantha: „So ihr Drei. Alles Gute. Wir bleiben in ständigen Kontakt. Eine Boje ist hier installiert. Sobald ihr im eisfreien Teil des Stollens seid, werden wir das Eis in Richtung Ozean verlassen. Dort werden wir noch eine Boje setzen."

Von der Aminata meldete sich Corinna: „Von mir auch die besten Wünsche. Hoffen wir, dass es unseren Leuten gut geht und es nur eine kleine technische Panne ist. Also, bis bald!"

Otekah winkte noch einmal kurz und sagte: „Bis bald!"

Das Amphibienfahrzeug setzte sich langsam in Bewegung. Nach wenigen Minuten hatten sie den Stollen erreicht. Sie spürten auch noch, dass das Bohrschiff ins Eis verschwand, um in den Ozean zurück zu fahren. Nun waren sie allein. Was würde sie in der Höhle erwarten? Werden sie ihre Leute finden und sind sie gesund? Sind sie überhaupt noch am Leben?

7.

Langsam fuhr das Amphibienfahrzeug hinein in den Stollen. Am Ende kamen sie in die gigantische Höhle. Was sie dort zuerst sahen war unglaublich und auch fantastisch. Die drei Frauen schauten mit weit geöffneten Augen und offenen Mund vor Staunen aus den Fenstern. So etwas haben sie noch nie gesehen. Das hatten sie auch nicht erwartet. Sie konnten das Ende der Höhle nicht sehen. Vor ihnen tat sich eine Landschaft auf. Es war wie eine Landschaft im Dämmerlicht. An der Decke waren sogar ein paar Wolken zu sehen. Die Temperatur war 18 Grad Celsius. In der Höhle waren Hügel und Täler. Es sah alles aus wie eine Mittelgebirgslandschaft in der Dämmerung. Allerdings war das Dämmerlicht hier in der Höhle bläulich. So etwas kennt man von einigen Höhlen auf der Erde. Aber hier ist dies viel gigantischer. Trotzdem war das Licht hell genug, dass man auch ohne Scheinwerfer alles genau sah. Otekah ließ aber die Scheinwerfer an.

Otekah sagte erstaunt: „Das sieht fantastisch aus!"

Luna fragte: „Woher nur das Licht kommt?"

Otekah sprach: „Chemische Lumineszenz. In einigen Höhlen Neuseelands gibt es das auch. Aber in dieser gigantischen Höhle ist das schon sehr ungewöhnlich. Warum dies so ist, müssen die folgenden Expeditionen klären. Wir sind dafür gar nicht ausgerüstet."

Saydala nickte: „Ja, genau. Wie weit ist es noch bis zum Bohrschiff?"

Otekah schaute auf den Monitor und sagte: „In etwa zehn Minuten sollten wir dort sein! Wir sollten ein paar Analysen machen. Wie ist die Zusammensetzung der Atmosphäre hier drinnen?"

Luna las die Daten der Analyse: „20 % Sauerstoff, 78 % Stickstoff, dazu noch etwas Kohlendioxid, Methan und ein paar Edelgase!"

Otekah meinte überrascht: „Fast wie auf der Erde. Wir könnten diese Luft atmen!"

Saydala meinte erstaunt: „Es muss also Leben hier drinnen geben. Pflanzliches und Tierisches. Seltsam!"

Otekah sagte: „Hier gibt es vulkanische Aktivitäten. Deshalb die Wärme. Und bei der

Größe der Höhle ist es durchaus möglich, dass sich hier Leben entwickelt hat."

Luna nickte: „Genau. Flüssiges Wasser gibt es hier ja auch!"

Otekah entschied dann: „Wir sollten weiter fahren."

Das Amphibienfahrzeug fuhr langsam weiter. Plötzlich ließ Otekah es stoppen. Sie zeigte mit dem rechten Zeigefinger nach vorn: „Dort, dort hinten! Seht ihr das?"

Saydala sah hinaus: „Was ist? Ich sehe nichts!"

„Was hast du gesehen?" wollte Luna wissen.

Otekah fuhr langsam weiter und erklärte: „Da hat sich etwas bewegt! Ich habe es genau gesehen."

Die drei Frauen schauten angestrengt nach vorn. Plötzlich huschte in ein paar Metern Entfernung vor ihnen etwas vorbei. Otekah ließ das Fahrzeug stoppen.

Luna fragte: „Was war das?"

Otekah zuckte mit den Schultern: „Keine Ahnung. Es sah aus wie ein kleiner Affe!"

Saydala nickte: „Es lief aber auf zwei Beinen!"

Plötzlich gab es einen lauten Knall. Dann gab es noch einen und noch einen. Irgendetwas knallte laufend an das Fahrzeug. Die Schläge wurden immer mehr und immer heftiger. Dann sahen die

Frauen es. Von allen Seiten wurden sie mit Steinen beworfen. Es prasselte regelrecht gegen die Fahrzeugwände. Überall waren kleine aufrecht gehende Wesen zu sehen, welche das Fahrzeug mit Steinen attackierten.

Luna schrie: „Wir werden angegriffen!"

Otekah sandte einen gewaltigen Ultraschallstoß zur rechten Seite. Viele der kleinen Wesen fielen um. Sie standen aber sofort wieder auf und bewarfen das Fahrzeug weiter. Die Panzerung war zwar dick genug, aber es war trotz allem sehr unheimlich.

Otekah fuhr wieder los und beschleunigte das Fahrzeug so schnell es ging. Bald ließ das Geprassel nach und hörte schließlich ganz auf. Otekah fuhr aber trotzdem noch ein Stück weiter. Schließlich hielt sie das Fahrzeug an. Sie scannten zunächst die Umgebung rund um das Fahrzeug. Es war nichts Bewegtes zu sehen.

Otekah holte mehrmals tief Luft: „Oh nein, was war denn das?"

Saydala meinte ebenfalls erschrocken: „Das war wirklich gefährlich."

Luna nickte: „Ja, das war gefährlich. Wir müssen aufpassen. Die kommen vielleicht wieder!"

Otekah meinte: „Ich lasse den großen Scheinwerfer auf dem Dach auf größte Helligkeit und lasse ihn so schnell es geht rotieren. Vielleicht schreckt das ab."

Saydala sprach: „Die sahen wirklich wie Affen aus!"

Luna meinte: „Und sie sind intelligent. Wer mit Steinen wirft, so wie die das taten, handelt bewusst. So etwas macht man, um Beute zu fangen oder Feinde abzuwehren."

Dank des großen Scheinwerfers war es jetzt um das Fahrzeug herum taghell nach irdischen Maßstäben. Hier im ewigen Dämmerlicht hat es eine abschreckende Wirkung. Otekah ihre Rechnung ging auf. Nun konnten sie in Ruhe scannen und auswerten.

Otekah schaute auf den Scanner: „Ich sehe bei dem Bohrschiff Rangi 1 viel Bewegung. Aber es sind keine Menschen. Unsere Leute sind mit Sicherheit nicht bei ihrem Bohrschiff. Es ist keine menschliche DNA dabei."

Luna schaute besorgt: „Wo sollten sie nur sein?"

Saydala sprach: „Es ist schade, dass unsere Bioscanner nur in einem Umkreis von einem Kilometer genaue Erkenntnisse bringen."

Otekah sagte daraufhin: „Naja, eine DNA aus einem Kilometer Entfernung zu erkennen ist schon eine Leistung. Mehr können wir im

Moment nicht. Wir werden vier Drohnen starten. Dann können wir mehr sehen.“

Saydala machte die Drohnen fertig und startete sie. Nun konnten sie die gesamte Höhle scannen und ein genaues Profil abbilden. Was sie sahen, verblüffte sie. Es sah wirklich alles wie eine irdische Landschaft im Dämmerlicht aus. Es gab auch Pflanzenwachstum. An einer Stelle gab es sogar so etwas wie einen dichten Wald. Hauptwärmequelle war ein breiter Lavafluss, welcher am Rand der Höhle über die gesamte Länge floss. Er floss ruhig aber beständig. Er entsprang einem Lavatunnel und floss auch wieder in einen Lavatunnel. Untersuchungen ergaben, dass dies schon seit Millionen von Jahren so war. Da aber ein Großteil der Höhle aus Lavagestein bestand, war das nicht immer so ruhig. Die große Höhle war irgendwann einmal eine Magmakammer. Im Laufe der Zeit drang von der Oberfläche des Planeten Wasser in die Höhle und mit dem Wasser die Bausteine des Lebens. Und wie immer, fand das Leben einen Weg. In der Mitte der Höhle gab es einen See, welcher von vielen kleinen Bächen gespeist wird. Die umfangreichen Scans zeigten auch vielfältiges Leben. Es gab Pflanzen, welche aussahen wie übergroße Schachtelhalme, es gab Farne, Moose,

Flechten, Bärlappgewächse, Pilze, Riesenalgen, Gräser und auch eine reichhaltige Tierwelt. Dabei dominierten Insekten, Käfer, Lurche, Fische und Reptilien. Auf den ersten Blick schien es keine Vögel und Säugetiere zu geben. Alles sah so aus wie zu Urzeiten, vielleicht vergleichbar mit dem Zeitalter Trias auf der Erde.

Otekah, Luna und Saydala saßen im Aufenthaltsraum des Amphibienfahrzeuges vor dem großen Bildschirm. Sie kamen aus dem Staunen nicht raus.

Luna zeigte mit dem Finger auf den Monitor: „Seht dort hinten. Das sieht wie eine Herde von Tieren aus.“

Otekah nickte: „Ja, fantastisch. Es ist einfach unglaublich.“

Saydala meinte: „Auf meinem Heimatplaneten Mandor muss das Leben ähnlich angefangen haben.“

Luna sagte: „Ich werde die Scans auswerten.“ Dann setzte sie sich an einen separaten Monitor.

Otekah lenkte eine Drohne so hoch wie möglich. Dadurch sahen sie die Höhle fast in ihrem ganzen Umfang. Eine andere Drohne lenkte sie zu dem Bohrschiff der Rangi. Dort sah man viele Reptilien. Als sie die Drohne tiefer fliegen ließ, hoben diese Reptilien die Köpfe. Offensichtlich haben sie die Drohne entdeckt. Diese Reptilien liefen auf zwei Beinen und hatten auch zwei Arme. Mehrere von ihnen hoben einen Arm und richteten ihn in Richtung der Drohne.

Luna rief: „Sie haben auf unsere Drohne gezeigt. Habt ihr das gesehen? Das gibt es doch gar nicht!"

Saydala nickte: „Ja, ganz eindeutig!"

Otekah sagte erstaunt: „Wisst ihr was das bedeutet? Das ist bewusstes Handeln! Aber das sind doch eindeutig Reptilien!"

Luna gab Scans dieser Zweibeiner in den Computer ein. Schon kurz danach kam das Ergebnis.

Luna erklärte nun: „Der Computer hat uns Ähnlichkeiten mit dem irdischen Eoraptor aufgezeigt. Das war ein kleinerer fleischfressender Saurier aus dem Obertrias. Dieser hier geht aber etwas aufrechter und hat einen viel kürzeren Schwanz. Auch sind die Augen weiter nach vorn gerichtet und die Schnauze ist kürzer."

Otekah zeigte unterdessen wieder auf den Bildschirm: „Was tun die da?"

Sie sahen genauer hin. Dabei entdeckten sie, dass einige dieser kleinen Saurier in das Bohrschiff Rangi 1 hinein gingen und andere mit

Gegenständen wieder heraus kamen und legten es auf eine Unterlage aus Stangen von Schachtelhalme und Palmblättern.

Luna meinte: „Sieht aus, als ob sie das Schiff ausschlachten!"

Plötzlich hoben einige der Reptilien die Arme. Sie hielten Stöcke in den Händen. Diese schleuderten sie gegen die Drohne. Sie trafen sie allerdings nicht. Otekah ließ daraufhin die Drohne noch etwas höher steigen.

Otekah sagte: „Sie benutzen Waffen. Das sind nicht nur irgendwelche Stöcke, sondern richtige Speere. Intelligente bewaffnete Reptilien. Es wird immer toller. Ich bin gespannt, was Corinna und Samantha dazu sagen. Ich habe ihren Bericht der GAIA-Expedition gesehen. Dort trafen sie auch auf intelligente Reptilien."

Saydala zeigte aufgeregt auf den Monitor: „Schaut. Jetzt heben vier von Ihnen die Unterlage hoch. Sieht aus, als ob sie diese wegtragen wollten."

Luna nickte zustimmend: „Ja, genau. Sie tragen die Unterlage mit den Gegenständen fort."

Otekah griff zum Joystick und sagte: „Ich lasse die Drohne noch etwas höher fliegen. Wir werden ihnen folgen. Sie dürfen uns aber nicht entdecken. Saydala, beobachte du diese vier Träger!"

Vier Reptilien trugen die Unterlage. Sie gingen in Richtung eines Hügels. Er lag etwa einen Kilometer entfernt. Es würde bei dem Tempo fünfzehn Minuten dauern bis sie dort ankamen. Otekah ließ eine zweite Drohne in das Gebiet fliegen. Auf dem Weg dahin sahen sie wieder etwas Erstaunliches. Mehrere dieser kleinen Reptilien schienen hinter einer Schar anderer Reptilien her zu jagen. Luna schaute wieder in den Computer.

„Das sind auch kleine Saurier. Sie ähneln etwas den Abrictosaurus. Das war ein kleiner Pflanzenfresser." sprach Luna. Sie schaute auf eine kleine Datenbank der irdischen Tiere des Trias.

Otekah rief: „Da, eine andere Gruppe von Reptilien. Die sehen wieder anders aus."

Luna überlegte kurz: „Moment, die sehen aus wie..., Moment, jetzt habe ich es. Die sehen aus wie Fruitadens. Auch Pflanzenfresser."

„Diese kleinen Raptoren gehen offensichtlich auf die Jagd." Meinte Otekah.

Luna nickte: „Genau. Sie jagen kleine Pflanzenfresser. Raptoren sind Fleischfresser.

Das ist ein Verhalten, was an den Homo Erectus erinnert. Nur, dass es hier Reptilien sind."

„Was machen eigentlich unsere vier Träger?" wollte Otekah wissen.

Saydala antwortete: „Sie laufen immer noch zu dem Hügel. Es ist jetzt nichts weiter passiert!"

Otekah betätigte einen weiteren Sensor: „Ich hole eine dritte Drohne. Ich lasse sie gleich zu dem Hügel fliegen. Dort könnte sich ein Lager befinden."

Nach zehn Minuten war die dritte Drohne bei dem Hügel angekommen. Auf dem Hügel befand sich tatsächlich so etwas wie ein Lager. Sie sahen große Löcher im Boden. Aus diesen krochen immer wieder Reptilien, richteten sich auf und liefen auf zwei Beinen, um irgendwelche Dinge zu holen. Manchmal krochen auch Reptilien hinein. Aber es war keine hektische Stimmung in dem Lager. Was am meisten erstaunte, war, dass es wahrscheinlich eine Feuerstelle im Lager gab. Dort saßen mehrere Reptilien regungslos und starrten in ein Feuer. Sie saßen einfach nur so herum. Die Frauen im Amphibienfahrzeug waren auch erstaunt, dass in exakt 100 Metern Abständen genau vier Reptilien außerhalb des Lagers standen und nicht nach innen, sondern nach draußen schauten. Sie hatten jeder auch mehrere Spieße in der Hand. Auf dem Boden vor Ihnen lagen auch noch ein paar Stöcke.

Luna meinte: „Die halten bestimmt Wache."

Otekah sagte: „Könnte sein."

„Und wozu das Feuer?" fragte Saydala.

Otekah hatte eine Erklärung: „Um sich zu erwärmen. Reptilien sind Kaltblüter. Hier ist es allerdings immer ziemlich gleichmäßig warm. Nur bei den Lavaströmen ist es natürlich wärmer. Wir schauen uns das mal in Infrarot an."

Die Infrarotkamera zeigte erstaunliche Aufnahmen. In der Feuerstelle sah man einen sehr heißen Zentralbereich. Er bestand aus heißem Lavagestein. Darüber waren dann kleine Stöcke gelegt.

Otekah sprach: „Sie nutzen Feuer. Sie benutzen Waffen. Sie koordinieren ihr Verhalten. Ich denke, dass wir davon ausgehen können, dass sie wirklich intelligent sind. Sie sind zwar keine Menschen, aber sie sind intelligente Reptilien. Wir sollten ihnen einen Namen geben. Immer nur von Reptilien zu sprechen, ist umständlich. Oder, was meint ihr?"

Saydala fragte: „Und wie sollten wir sie nennen?"

Luna meinte: „Reptilos!"

Otekah schüttelte den Kopf: „Nein, das klingt, so finde ich, doof!"

Saydala meinte: „Satyrer! Wir sind hier auf dem Planeten Satyr!"

Luna sprach: „Nennen wir sie Iguaner!"

Otekah lächelte und sprach: „Das klingt gut! Okay, nennen wir sie Iguaner!"

Nicht weit weg von dem Hügel war ein etwas größerer Berg. Er bestand aus Rhyolith, einem Vulkanit. Teile des Berges bestanden auch aus Magnetit. Durchsetzt war dieser Berg von einigen größeren und kleineren Höhlen. Mehrere Iguaner gingen nun in die Richtung des Berges. Sie trugen taschenähnliche Beutel. Otekah ließ ihnen eine Drohne folgen.

Luna rief plötzlich aufgeregt: „Da hinten! Seht ihr? Ich habe da etwas Längliches gesehen. Sah wie eine Schlange aus." Die Frauen schauten auf den Bildschirm.

Otekah kniff die Augen zusammen: „Ich sehe nichts!"

„Ich auch nicht!" sagte auch Saydala.

Luna sprach aufgeregt: „Ich habe doch nicht geträumt. Allerdings sehe ich es jetzt auch nicht. Es war sehr groß. So etwa sieben bis acht Meter lang." Otekah schaltete die Infrarotkamera an. Jetzt sahen sie es alle. Im Scann zeigte sich ein schlangenähnliches Reptil. Es verharrte regungslos am Fuße des Berges hinter einem Felsvorsprung.

Otekah rief: „Die Iguaner laufen direkt zu dieser Schlange. Mal sehen, was passiert.“

Die Iguaner kamen der Schlange immer näher. Sie konnten sie unmöglich sehen. Als sie nur noch wenige Meter von ihr entfernt waren, schnellte die Schlange vor und schnappte zu. Einen Iguaner erwischte sie. Die anderen waren zunächst erschrocken. Dann nahmen sie ihre Spieße und stachen auf die Schlange ein. Es folgte ein blutiger Kampf zwischen Iguanern und der Schlange. Dabei konnte sich der gebissene Iguaner aus dem Maul der Schlange befreien. Schließlich siegten die viel kleineren Iguaner. Die Schlange konnte sich der vielen Speere nicht lange erwehren. Die Iguaner stachen immer wieder auf die Schlange ein, bis sie schließlich regungslos liegen blieb. Der verletzte Iguaner humpelte inzwischen beiseite. Jetzt geschah etwas Grauenvolles. Die unverletzten Iguaner hauten auf den verletzten ein bis auch dieser regungslos liegen blieb. Dann knieten sie nieder und verneigten sich kurz vor dem Toten. Zwei unverletzte Iguaner nahmen danach alle Taschen der anderen und gingen weiter zu dem Berg. Die Anderen fingen an, die Schlange und den Toten

Iguaner zu zerkleinern. Die drei Frauen im Amphibienfahrzeug haben alles genau beobachten können. Sie konnten das Gesehene erst gar nicht begreifen.

Luna sagte erschrocken: „Was war das? Sie haben ihren verletzten Kameraden getötet und anschließend zusammen mit der Schlange richtig geschlachtet!"

Saydala sagte mit brüchiger Stimme: „Das ist furchtbar! Mir ist richtig schlecht!"

Otekah meinte nur: „Es ist von einigen Reptilien auf der Erde bekannt, dass sie wehrlose Angehörige ihrer eigenen Spezies auffressen. Hier könnte es genauso sein. Auch beim Menschen war in der Steinzeit Kannibalismus verbreitet. Ein toter oder verletzter Kamerad ist wertlos. Sie verneigten sich vor ihm. Vielleicht ist dies eine Art religiöses Ritual, dem Toten zu danken und zu ehren. Für uns ist es furchtbar und ekelhaft. Aber hier herrschen andere Regeln. Die Iguaner sind wahrscheinlich auf der Entwicklungsstufe des Homo Erectus. Nur sind sie keine Säugetiere, sondern Reptilien."

Zwei Iguaner nahmen nun die zerlegten Teile und gingen zurück zum Lager. Drei verbliebene gingen weiter zu dem Berg. Sie liefen genau auf eine Höhle zu und gingen hinein. Mehr konnten

die Frauen nicht wahrnehmen. Der Magnetit
verhinderte eine weitere Beobachtung.
Von ihren vermissten Kameraden hatten sie
weiterhin keine Spur.

8.

Otekah hatte ein langes Gespräch mit Samantha
und Corinna. Samantha ist inzwischen zur Station
auf der Eisoberfläche zurückgekehrt, um den Tod
von Piedro Suarez und Aurelia Popescu zu klären.
Corinna hat die Gegend der Station noch einmal
genau gescannt. Die Berge sind von der Station
nur einen halben Kilometer entfernt. Genau dort
befand sich auch ein Zugang zu einem
Höhlensystem. Allerdings verhinderte der
Magnetit auch hier, dass man das System genau
darstellen kann. Und genau das will Samantha
nun klären. Mit einer Drohne will sie den
Höhleneingang dort bei der Station untersuchen.
Sie fuhr mit dem Bohrschiff bis an den Eingang
heran.
Samantha rief: „Henry, mach bitte die Drohne
fertig. Ich bin gespannt, was wir vorfinden
werden.“

Henry nickte: „Ich auch. Die ersten Anzeichen zeigen, dass die Höhle sehr groß sein muss."

Als die Drohne bereit war, ließ Henry sie in die Höhle fliegen. Zur Überraschung war dies nur ein enger Gang, welcher zwar lang, aber nicht sehr breit war. Ein Mensch müsste gebückt laufen. Samantha ließ mehrere Bojen setzen, damit es eine Übertragung gibt. So konnten sie im Bohrschiff alles genau sehen. Der Gang nahm einfach kein Ende. Er führte immer leicht mit einem kleinen Gefälle nach Unten. Die Drohne war nun schon fünf Kilometer geflogen, als man plötzlich eine riesige Höhle sah.

Henry sagte: „Wir sind in der großen Höhle. Hier irgendwo muss auch Otekah stecken."

Henry lenkte die Drohne in die große Höhle hinein. Sie konnten deutlich die Landschaft erkennen.

Henry rief: „Ich habe das Amphibienfahrzeug lokalisiert."

Da meldete sich auch schon Otekah: „Hallo. Ich habe eure Drohne entdeckt."

„Es gibt also mehrere Zugänge zur großen Höhle. Man benötigt auch kein Bohrschiff, um durch das Eis hierher zu gelangen." sprach Samantha.

Otekah sagte: „Nein. Wieso haben wir das nicht gleich bemerkt?"

„Hier gibt es sehr viel Magnetit, Ulvit und Troilit. Und das in unglaublich großen Mengen und Dichte. Das verhindert genaue Scans." erklärte Henry.

Saydala fragte: „Wie ist dieser lange Gang beschaffen?"

Samantha schaute noch einmal auf die Daten: „Der Gang ist fünf Kilometer lang aber nur etwa 1,40 Meter hoch. Man müsste ständig gebückt laufen. Was auffällt, er ist ziemlich homogen. Es könnte sein, dass er künstlichen Ursprungs ist."

Saydala fragte ungläubig: „Wer sollte den gebaut haben? Etwa unsere kleinen Iguaner?"

Samantha schüttelte den Kopf: „Glaube ich nicht. Sie sind zwar so gebaut, dass ein Iguaner gerade durchlaufen könnte. Aber die haben nicht die Technik dazu!"

Henry fragte: „Noch eine Spezies? Noch dazu hochentwickelt?"

Otekah meinte nur: „Moment, wir wissen noch gar nichts. Das sind alles nur Vermutungen."

„Ich würde durchpassen. Ich bin nur 1,35 Meter groß." sprach Saydala.

Otekah lächelte und sprach: „Da hast du Recht."

Samantha überlegte kurz und sprach: „Okay. Wir fliegen noch einmal mit einer Drohne durch diesen Gang. Dabei werden wir ganz konkret nach Spuren irgendeiner Technik suchen. Und ihr in der Höhle werdet versuchen, in das Bohrschiff unserer vermissten Leute zu kommen. Wir müssen wissen, was dort passiert ist."

Otekah nickte: „Okay. Also dann, bis bald!"

Samantha hob die Hand zum Gruß und sprach: „Bis bald!"

Otekah fuhr mit dem Amphibienfahrzeug nun direkt an das Bohrschiff heran. Sie ließ dabei den großen Scheinwerfer weiter an. Die Iguaner dort flüchteten, als sie das Amphibienfahrzeug wahrnahmen. Sie blieben aber in der Nähe.

„Sagt mal, Reptilien können doch auch hören! Oder?" wollte Otekah wissen.

Luna erklärte: „Natürlich. Manche sogar sehr gut. Bei dem Dämmerlicht hier ist das Gehör vielleicht besonders gut entwickelt."

Otekah sprach daraufhin: „Dann werden wir mal einen Lautsprecher nach draußen verlegen und ein bisschen Krach machen. Das hält sie uns vielleicht vom Leibe."

Gesagt, getan. Über den Lautsprecher ließen sie in verschiedenen Intervallen ein Pfeifen laut erschallen, aber so, dass die Intervalle in zufälliger Reihenfolge wechselten. Das hatte Erfolg. Die Iguaner liefen daraufhin noch weiter weg. Sie hatten Angst. Sie konnten dieses

Ungetüm nicht einordnen. Da kam Etwas, sehr groß, hell leuchtend und nun auch noch schreiend und pfeifend. Eine Beute sah anders aus. Diese hier bedeutete Gefahr. Eine Gefahr, welche sie nicht kannten. Primitive Lebewesen nehmen unbekanntes manchmal nicht als Gefahr wahr, intelligente schon.

Luna sagte: „Okay, ich denke wir können aussteigen."

Otekah sprach aber: „Langsam, langsam. Wir gehen folgendermaßen vor. Luna, Saydala, ihr beide steigt aus. Aber vorsichtig. Nehmt die Laserpistolen mit. Wenn ihr zurückkommt, machen wir einen Plan. Unser Aufenthalt in der Höhle scheint hier länger zu gehen."

Luna und Saydala stiegen aus. Vorsichtig gingen sie zu dem Bohrschiff. Als sie das Schiff betraten, verschlug es ihnen die Sprache. Es sah sehr wüst im Inneren aus. Vieles war kaputt, ganze Teile waren aus der Verankerung gerissen und viele Löcher waren in den Wänden. Die Iguaner haben das ganze Schiff verwüstet.

Luna schnaufte: „Oh Mann, die haben ganze Arbeit geleistet. Hier ist nichts mehr ganz."

Saydala machte umfangreiche Scans. Alles wurde genau abgetastet. Im Cockpit fiel ihr bei den Scans etwas auf.

Saydala rief erstaunt: „Hier gibt es DNA-Spuren.
Die sind aber weder von Iguanern noch von
Menschen. Und es gibt eine Abweichung zu
normalen DNA."

Otekah hörte im Fahrzeug zu: „Was für
Abweichungen?"

Saydala sagte: „Wir müssen das erst genau
untersuchen im Labor. Wenn es sich bestätigt, ist
dies kein Doppelstrang bei der DNA, sondern ein
durchgehender Dreifachstrang mit
Vierstrangsequenzen. Ähnlich wie bei meiner
DNA."

Luna stimmte zu: „Ich kann das auf den ersten
Blick bestätigen. So etwas habe ich sonst noch
nie gesehen. Nur bei Saydala."

Otekah rief: „Ihr müsst euch ein bisschen
beeilen. Ich sehen viele Iguaner. Noch fürchten
sie sich. Aber langsam kommen sie näher."

„Wir sind gleich fertig!" sagte Luna.

„Nur noch die Kombüse!" sprach Saydala.

Nach einer Stunde verließen Luna und Saydala
die Rangi 1. Als sie draußen waren, wurden sie
mit Steinen beworfen. Saydala hob ihre
Laserpistole und schoss in Richtung der Iguaner
in den Boden. Grasfetzen flogen in die Luft. Das
löste großen Schrecken aus und die Iguaner
stoben auseinander und flohen in sichere

Entfernung. Im Fahrzeug angekommen, machte sich Luna sogleich an die Analyse der Daten.

Nach zwei Stunden kam sie ins Cockpit. Saydala und Otekah tranken gerade einen Kaffee.

Otekah fragte Luna: „Möchtest du auch einen?"

Luna lächelte und sprach: „Oja, Kaffee kann niemals Schaden."

Nachdem Luna genüsslich ihren Kaffee schlürfte, sah sie die beiden anderen Frauen an und sagte: „So, in unserem kleinen Labor kann ich nicht allzu viel sagen. Aber eines ist sicher. Diese DNA kommt mit Sicherheit nicht aus diesem System."

Otekah erstaunt: „Nicht von hier? Also von einer fremden Spezies!"

Luna nickte: „Das ist sicher!"

„Gibt es irgendeinen Hinweis von wo genau?" wollte Saydala wissen.

Luna schüttelte den Kopf: „Nein, gar nichts!"

Otekah rief Samantha und Corinna: „Hallo, ich sende euch ein paar Daten. Bitte überprüft sie."

Corinna fragte: „Was sind das für Daten?"

Luna berichtete den beiden die Erlebnisse im Bohrschiff Rangi 1. Als alle Daten übermittelt waren, verabredete man, dass man nach etwa drei Stunden sich wieder zu einer Konferenz zusammen findet.

Otekah klopfte mit der Hand auf ihr Pult und sprach: „So Luna und Saydala. Ihr legt euch jetzt zwei Stunden aufs Ohr. Keine Widerrede! Ich fahre uns derweil an einen sicheren Platz."

9.

Im Raumschiff Aminata untersuchte Moema Potira die Daten vom Amphibienfahrzeug. Im Bohrschiff Aminata 1 tat dies Samantha. Sie ließen beide die Ergebnisse mehrmals von den Nervocomputern überprüfen. Die Ergebnisse waren eindeutig und enthielten eine große Überraschung. Nun saßen alle wieder an den Bildschirmen zu ihrer Videokonferenz.

Otekah begann: „Also, was habt ihr herausgefunden?"

Moema räusperte sich: „Die DNA stammt wirklich nicht aus dem System Alpha Centauri. Wir können mit Sicherheit sogar sagen, nicht aus unserer Milchstraße!"

Otekah hob die Augenbrauen und fragte: „Waas?"

Samantha nickte: „Ich kann das bestätigen. Es ist eindeutig. Wir haben alle Daten mit den vorhandenen Daten aus den bekannten Daten der Systeme Sandor, Kalpano, Elpis und Mandor verglichen. Wir haben auch die DNA der Insektaner mit unseren Daten verglichen. Die DNA der Iguaner und alle anderen DNA aus unserer Milchstraße haben die gleiche Grundstruktur. Die fremde DNA hingegen ist ganz anders aufgebaut."

Moema nickte ebenfalls: „Ich kann das voll und ganz bestätigen! Selbst die atomaren Verbindungen zwischen den Molekülen scheinen ganz anders zu sein."

Otekah schüttelte ungläubig den Kopf: „Oh Mann! Was machen wir jetzt? Die nächsten Galaxien sind Zwerggalaxien in Canis-Major und Sagittarius, die nächst größere ist Andromeda. Selbst mit Warpgeschwindigkeit würden wir zu den Zwerggalaxien Jahrzehnte brauchen, um dahin zu kommen. Zu Andromeda würde ein Menschenleben nicht ausreichen. Nur mit Wurmlöchern oder anderen Singularitäten wäre es schneller erreichbar. Wie in Saydala ihrem Fall."

Saydala meinte: „Vielleicht leben die viel länger als Menschen. Ich zum Beispiel werde auch älter als ein Mensch. Wir Mandorianern werden im Durchschnitt 150 Jahre alt. Und meine DNA sieht auch so ähnlich aus, wie diese fremde DNA."

Henry fragte: „Und wie alt bist du jetzt? Ich weiß, dass man eine Frau nicht danach fragt, aber es interessiert mich."

Saydala schmunzelte: „Ich bin 57 Jahre alt."

Corinna lachte: „Wir leben im 23. Jahrhundert. Da darf man einer Frau auch eine solche Frage stellen. Aber zurück zum Thema. Vielleicht kamen sie auch durch ein Wurmloch hierher. Ich erinnere mich, als Sam und ich durch das Wurmloch bei der Neptunbahn flogen. Da landeten wir auf einem Einzelgänger mitten zwischen der Milchstraße und der Andromeda-Galaxie. Es war ein fantastischer Anblick, diese beiden riesigen Spiralgalaxien zu betrachten. Es gibt also Wurmlöcher, welche selbst solche gigantischen Entfernungen überbrücken."

Samantha nickte zustimmend: „Ja, das war fantastisch. Wir fanden damals die ersten Spuren der Insektaner."

„Genau. Wir fanden einen toten Insektaner. Wir sind damals hin und her durch das Wurmloch geflogen. Es war ein richtiger Irrflug ins Ungewisse." sprach Corinna.

Luna fragte weiter: „Und, wie gehen wir nun weiter vor?"

Corinna überlegte: „Wir scannen noch einmal die Höhle und jeden Zugang. Irgendwo müssen wir etwas finden. Unsere Leute haben sich doch nicht in Luft aufgelöst!"

Samantha sagte: „Es würde mich auch wundern, wenn wir keine weitere Spuren dieser fremden DNA finden. Irgendwie müssen diese Spuren hierhergekommen sein."

„Was wird aus der Rangi 1?" wollte Otekah wissen.

„Schaut sie euch noch einmal genau an. Das Wrack wird wohl hierbleiben müssen. Wir brauchen aber den Speicherkern der Computeranlage!" sagte Corinna.

Otekah stimmte zu: „Okay."

Samantha meinte unterdessen: „Ich schau mich noch einmal bei der Kuppelstation der Rangi um. Vielleicht finde ich dort auch noch etwas."

Corinna nickte: „Alles klar. Ich werde jetzt erst einmal einen Bericht zur Erde senden. Dr. Khama von der Afrikanischen Union wird schon aufgeregt darauf warten. Morgen ist auch eine Sitzung der Astronautischen Union bei der UNO."

Man verabschiedete sich. Die Bildschirme erloschen und jede Crew ging an seine Arbeit. Otekah, Saydala und Luna saßen noch gemeinsam in der Kombüse. Der Computer übernahm derweil die Überwachung.

„Wisst ihr was ich denke? Ich denke, dass wir eine noch viel größere Überraschung erleben werden." sprach Luna.

Otekah sah Luna an und fragte: „Was meinst du?"

Luna erklärte: „Alle unsere Erkenntnisse zeigen eindeutig, dass in unserem gesamten Universum die gleichen naturwissenschaftlichen Gesetze vorherrschen. Diese fremde DNA widerspricht so ziemlichen Allem, was wir bisher annahmen."

Saydala nickte: „Das stimmt. Alle Gensequenzen, selbst alle Gene sind ganz anders strukturiert."

Otekah erstaunt: „Was wollt ihr damit sagen? Sie kommen nicht aus der Milchstraße, das scheint festzustehen."

Luna meinte nur: „Selbst wenn sie aus der Andromeda-Galaxis stammen würden oder aus einer Galaxis des Virgohaufens. Das Prinzip müsste zumindest ähnlich sein. Aber hier stimmt einfach gar nichts."

Saydala war jetzt ebenso überrascht und aufgeregt: „Wo sollten sie denn sonst herkommen?"

Luna lächelte: „Du bist jetzt etwas aufgeregt. Verstehe ich. Glaubst du, die sind mit dir verwandt?"

Saydala sagte daraufhin: „Keine Ahnung. Vielleicht, vielleicht aber auch nicht. Aber das ist alles ziemlich ungewöhnlich."

Otekah lächelte ebenso, sagte aber: „Nicht desto trotz, ihr Zwei legt euch jetzt schlafen und ich übernehme dabei die Wache. Ich werde die Drohnen noch einmal diesen Höhlengang untersuchen lassen. Mal sehen, ob wir noch ein paar Spuren finden. Alles soweit klar?"

Saydala und Luna nickten zustimmend und begaben sich in ihre Kabinen. Otekah ging ins Cockpit. Sie ließ die Drohnen noch einmal alles abscannen. In der großen Höhle fand sie kaum Spuren. Die einzige fremde DNA fand sie auf dem Weg von der Rangi 1 zum Höhlengang. Dabei fiel ihr auch auf, dass vier verschiedene DNA der Iguaner im ganzen Gang zu sehen war. Die Spuren führten bis an die Oberfläche. Otekah übermittelte die Daten an Samantha und Henry. Die beiden haben unterdessen ebenso DNA der Iguaner im Kuppelbau und auf dem Weg zum Höhleneingang entdeckt.

Otekah rief die Aminata 1: „Hallo Samantha, wo ist Henry? Ich dachte er hätte Dienst."

Samantha antwortete: „Ich habe ihn in die Koje geschickt."

Otekah erklärte: „Wir haben die Spuren im Höhlengang verfolgt. Sie führen direkt zur Oberfläche!"

Samantha nickte zustimmend: „Und von dort genau zur Rangi und zum Kuppelbau. Die Iguaner waren also dort. Sie waren auch im Inneren der Kuppel. Wir haben kleine Zerstörungen gefunden am Kuppelbau und der Rangi. Es waren Spuren von Schlägen, ähnlich derer gegen Piedro und Aurelia. Wir können also davon ausgehen, dass die Iguaner die Rangi überfallen haben, in den Kuppelbau eingedrungen sind und unsere zwei Leute erschlagen haben. Wir haben jetzt auch Schäden an der Rangi gefunden. Es sind Schäden an den Triebwerken. Ein unmittelbarer Start ohne Reparatur ist damit auch nicht möglich. Es sieht so präzise aus, als wenn man dies auch so gewollt hat."

Otekah war tief erschüttert: „Furchtbar. Aber warum? Und wie sind sie bei der Kälte da oben überhaupt zurechtgekommen?"

Samantha hob die Schultern: „Tja, warum. Zumindest wussten sie wie man auf die Oberfläche kommt. Also hatten sie auch Mittel, um sich vor der Kälte zu schützen. Wer weiß, ob wir das jemals klären können!"

Otekah hob die rechte Hand und winkte: „Ich such nun die andere kleinere Höhle ab. Mal sehen, was wir dort vorfinden.“

Samantha hob ebenso die rechte Hand zum Gruß: „Okay. Bis bald.“

Die Drohne, welche die andere kleinere Höhle untersuchen sollte, wurde mit Steinen und Speeren empfangen. Die Drohne wurde mehrmals so hart getroffen, dass sie abstürzte. Sofort stürzten mehrere Iguaner auf die Drohne und schlugen vehement auf sie ein. Otekah sah noch ein paar Iguaner mit Stöcken auf dem Bildschirm. Und dann war Schluss. Die Übertragung brach schließlich ab.

Die anderen Drohnen flogen die große Höhle noch einmal ab und scannten zum wiederholten Male alles.

Otekah holte eine Drohne zunächst zum Amphibienfahrzeug zurück. Sie holte einen kleinen Roboter, welcher auf Raupenketten fuhr, und machte ihn an der Drohne fest. Der Roboter hatte auch Lautsprecher, eine kleine starke Laserwaffe und eine starke Beleuchtung. Otekah hoffte, dass sie damit tiefer in die kleine Höhle eindringen kann. Die Drohne brachte nun das Kettenfahrzeug zum Eingang dieser Höhle. Langsam fuhr das Kettenfahrzeug hinein. Schon

sah Otekah, wie sich mehrere Iguaner näherten.
Sie ließ nun einen höllischen Krach machen. Auch
die Beleuchtung blinkte in allen Farben. Die
Laserkanone schoss auf den Boden. Dabei
verdampfte das Bodenmaterial. Die Iguaner
bekamen wahrscheinlich panische Angst, denn
sie warfen die Steine weg und rannten davon.
Genau diese Wirkung wollte Otekah erzielen.
Nun konnte sie in Ruhe die Höhle scannen und
untersuchen. Diese kleine Höhle war nur
einhundert Meter groß. In ihr lagerte viel
Magnetit. Es war hier allerdings auch nicht so
hell wie in der großen Höhle. In einer Nische fand
Otekah seltsame Spuren. Sie stammten von
einem Material, welches sie nicht identifizieren
konnte. Es schien eine völlig unbekannte
Legierung zu sein. Otekah nahm eine Probe auf.
In einer anderen Nische fand sie etwas noch
Seltsameres. Es war ein großer Quader, so groß
wie ein Wohncontainer. Er war makellos glatt
und bestand ebenfalls aus der unbekannten
Legierung. Dieser Quader hatte keine Fenster
oder Türen. Otekah ließ den Roboter den Quader
umrunden. Nichts war zu sehen, was wie eine
Öffnung aussah. Otekah ließ mit dem Scanner
alles genau absuchen. Dann zeigte sich plötzlich
eine Luke. Sie war einfach da. Es war kein Rand
oder eine Sicke zu sehen. Es tat sich einfach die

Wand auf. Es war innen dunkel. Aber mit dem Scanner konnte man einige Konturen erkennen. Dann schloss sich die Luke wieder. Und wieder war nichts zu erkennen, kein Rand, kein Spalt, rein gar nichts. Die Wand war wieder makellos glatt. Otekah wiederholte dies mehrmals. Jedes Mal öffnete sich die Wand und schloss sich wieder. Otekah merkte, dass die Tür sich nur öffnete wenn der Roboter unmittelbar davor stand. War er nur einen Meter weg, blieb die Luke geschlossen. Es handelte sich also nur um einen einfachen Bewegungsmechanismus. Da keiner hineinging, schloss sich die Luke wieder. Der Roboter hatte einige Minisonden an Bord. Sie waren kaum größer als ein Insekt. Bei der fünften Wiederholung flog eine solche Minisonde hinein in den Quader. Otekah wartete einige Minuten. Die Minisonde war so programmiert, dass sie einige Scans vom Inneren des Quaders machen konnte. Otekah ließ den Roboter wieder vorfahren, die Luke öffnete sich und die Minisonde kam herausgeflogen und dockte am Roboter an. Daraufhin ließ Otekah den Roboter wieder aus der Höhle hinausfahren. Vor dem Eingang wurde er wieder mit Steinen empfangen. Otekah schaltete den Lautsprecher wieder an und ließ wieder einen ohrenbetäubenden Lärm erklingen. Dazu wieder ein Blitzgewitter aus der Beleuchtung und starken Laserstrahlen auf den Boden. Auch dieses Mal flohen die Iguaner. Allerdings dauerte es diesmal etwas länger. Otekah konnte es unterdessen kaum erwarten, dass der Roboter am Bohrschiff ankam. Wie gebannt schaute sie nach draußen und sah ihn von weitem anrollen. Nur fünfhundert Meter vor dem Schiff tauchten mit einem Mal Iguaner auf. Sie warfen dieses Mal nicht mit Steinen, sondern liefen ganz langsam hinter dem Roboter her. Sie schienen ihn und das Schiff genau zu beobachten. Zweihundert Meter vor dem Schiff machten die Iguaner halt, schauten aber immer noch gebannt auf den Roboter und das Schiff. Man merkte ihnen an, dass sie langsam ihre Angst verlieren. Sie waren neugierig auf das was passiert. Ein deutliches Zeichen von Intelligenz. Otekah sah wie drei von ihnen die Köpfe aneinanderlegten. Schnell schaltete sie die Mikrofone ein. Jetzt waren sehr deutliche Laute zu hören. Otekah war so gebannt, dass sie nicht hörte, wie Luna und Saydala im Cockpit erschienen.

„Guten Morgen!" sprach Luna.

„Huch, habe ich mich erschrocken. Guten Morgen! Ich habe euch gar nicht kommen hören." sagte ganz überrascht Otekah.

„Guten Morgen! Wir haben schon gemerkt, dass du wie gebannt nach draußen schaust. Was läuft da gerade ab?" sagte auch Saydala.

Otekah sagte kurz: „Erzähle ich euch gleich. Ich hole nur noch den Roboter rein!"

Nach drei Minuten war der Roboter wieder im Schiff. Otekah berichtete den Beiden, was in den letzten Stunden sich ereignete.

Otekah sagte dann: „Ich werde nun die Daten auswerten und mir die Videoaufzeichnungen anschauen. Ihr zwei macht bitte weitere Audioaufnahmen. Die scheinen sich manchmal zu unterhalten. Vielleicht haben sie so eine Art Sprache. Wenn wir mehrere solcher Aufnahmen haben, können wir sie vielleicht entschlüsseln."

Saydala nickte: „Gut. Machen wir."

Otekah stand auf und sprach: „Okay. Ich hole mir jetzt ein Baguette und einen Kaffee und dann gehe ich ins Labor."

Otekah ging in die Kombüse, rieb sich die Hände und sprach zu sich selbst: „Ach nein. Ich mache mir kein Baguette. Ich mache mir gebackene Bohnen und ein Spiegelei."

Nach dem Essen ging Otekah ins Labor zum Auswerten der Daten und der Videoaufzeichnungen. Die Aufnahmen vom Inneren des ominösen schwarzen Quaders zeigten, dass auch Iguaner in den Container eingedrungen waren. Er wies offensichtlich starke Zerstörungen auf. In einer Ecke lag regungslos ein Iguaner. Wahrscheinlich war er tot. Otekah war ziemlich erschüttert. Später berichtete sie Saydala und Luna von den Aufnahmen.

10.

Corinna hatte ein längeres Gespräch mit Dr. Khama auf der Erde. Die Tachyonenverbindung war überraschend schlecht. Immer wieder wurden sie durch Störungen unterbrochen. Normalerweise klappte die Verbindung mit der Erde und anderen Systemen gut. Solche Verbindungen gab es schon zwischen der Erde und den Systemen in Epsilon Eridani, Wolf 359 und Tau Ceti. Aber hier bei dem nächstgelegenen System Alpha Centauri gab es immer wieder Probleme. Corinna hatte nun den Auftrag bekommen auch dieses Phänomen zu untersuchen. Sie flog zunächst mit der Aminata zum Satelliten am Rande des Systems. Dort musste sie allerdings feststellen, dass dieser Satellit einwandfrei funktionierte. Alle technischen Systeme waren in Ordnung. Bei der Überprüfung stellte sie aber fest, dass schon bei den Satelliten Störungen ankamen. Diese Störungen hatten also ihren Ursprung nicht im System Alpha Centauri. Es müsste also etwas sein, dass von außerhalb einwirkte.

Corinna und Moema saßen wieder einmal über den Messergebnissen. Sie konnten sich nicht erklären, was diese Störungen hervorbringen konnte.

„Alles ganz normal. Und doch werden die Signale in kleinsten Intervallen unterbrochen." sprach Corinna.

Moema stimmte ihr zu: „Ja. Irgendetwas Wellenförmiges unterbricht die Tachyonensignale."

„Schau dir die Schwingungen an. Sowohl bei den Alpha- als auch bei den Beta-Tachyonen gibt es alle fünf Nanosekunden ein Abflachen der Amplitude." sagte Corinna.

Moema nickte: „Schon merkwürdig."

Corinna schüttelte den Kopf und sagte: „Ich versteh das nicht. Dr. Khama sagte mir, dass die Signale auf der Erde keine Störung aufweisen, sondern nur Unterbrechungen. Hier aber ist das ganz anders."

„Ich sehe hier etwas. Als ob es eine Überlagerung von Tachyonenwellen gibt. Ich kann allerdings keine andere Tachyonenwelle außer der Alpha- und Betatachyonen sehen." Moema zeigte auf eine Wellenkurve.

Corinna überlegte kurz und sprach: „Was wäre, wenn es außer den bekannten Tachyonen noch andere gäbe? Tardyonen gibt es auch mehrere."

Moema meinte: „Du könntest Recht haben. Das würde auch die Störungen erklären. Unkontrolliert bewegen sie sich in der Zeit zurück. Wenn eine Interferenz zwischen Tachyonenwellen erfolgt, kommt es zu Störungen. Unsere kontrollierten Wellen von Alpha- und Betatachyonen schließen solche Interferenzen aus. Es gibt keine andere Möglichkeit, dass es eine Interferenz mit einer noch unbekannten Art von Tachyonen gibt."

„Und wenn es Antitachyonen sind?" fragte Corinna.

Moema wisch sich mit der Hand über die Stirn und nickte dann: „Das wäre eine logische Erklärung. Deswegen ein Abflachen der Amplitude."

„Jetzt müssten wir sie nur noch nachweisen können. UUaaah......" Corinna streckte sich und gähnte laut und genüsslich. „Oje, ich bin jetzt richtig müde. Ich brauche einen starken Kaffee!"

Moema schüttelte den Kopf: „Nein. Du legst dich schlafen. Ich bastle inzwischen ein Interferometer für Tachyonenwellen. Ich bekomme das schon alleine hin."

Corinna stand auf und sprach: „Na gut. Wie du meinst. Ich habe jetzt auch schon seit zwanzig Stunden nicht mehr geruht. Na dann, gute Nacht."

Moema winkte ihr noch zu: „Gute Nacht."

Corinna ging in ihre Kabine. Sie war so müde, dass sie sich nur auszog und sofort ohne zu duschen ins Bett ging. Keine fünf Minuten später war sie schon eingeschlafen.

Moema saß unterdessen am Computer und versuchte ein Interferometer für noch unbekannte Tachyonen zu konstruieren. Als Grundlage dienten ihr natürlich die Sensoren für die schon bekannten Tachyonen. Von allen Teilchen am schwierigsten nachzuweisen waren immer noch Luxonen. Vielleicht könnten die Detektoren für Luxonen ihr dienlich sein. Sie wusste, wonach sie suchen sollte. Das machte es ihr einfach. Um sich munter zu halten, trank sie zwischendurch doch einen Kaffee. Nach vier Stunden war sie soweit. Sie ging ins Labor, um einen Detektor zu bauen. Die Laborroboter leisteten dabei wertvolle Dienste. Nach weiteren drei Stunden war das Gerät soweit, dass man einen Versuch starten konnte. Moema installierte das Gerät am Roboterarm außerhalb vom Schiff. Sie fuhr den Arm aus und schaltete das Gerät ein. Gespannt schaute sie auf ihren Monitor. Die ersten Daten wurden angezeigt. Es kam allerdings wenig Überraschendes zutage. Als sie die Scans erweiterte, wurde es spannender. Moema war sehr überrascht, was sie zu sehen bekam.

„Das gibt es doch nicht! Was sind das für Spuren?" sprach sie zu sich selbst. Sie schaute kurz auf die Uhr. 'Corinna wird gleich kommen' dachte sie. Sie hatte kaum zu Ende gedacht, da kam Corinna auch schon. Moema drehte sich zu ihr herum.

„Guten Morgen!" sprach Corinna und gähnte noch einmal.

„Guten Morgen. Na, gut geschlafen?" rief auch Moema.

„Ach ja, ich habe gut geschlafen. Was hast du bisher erreicht?" fragte Corinna.

„Das Messgerät ist fertig. Ich habe soeben die ersten Scans gemacht." sagte Moema.

„Und?" fragte Corinna weiter.

„Nachdem ich das Gerät installiert und den Computer eingerichtet habe ging es los. Es ist einfach unglaublich, was ich gemessen habe. Einfach fantastisch." erklärte Moema kurz.

Corinna wurde nun ungeduldig: „Nun spann mich nicht so auf die Folter."

Moema hob die Hand und sprach: „Immer mit der Ruhe. Ich richtete den Detektor zunächst auf die Umgebung unseres Schiffes. Da zeigte sich zunächst nichts. Alles wie gehabt. Ich habe dann die Suche ausgeweitet. Und was glaubst du, was ich gefunden habe?"

Corinna wurde immer ungeduldiger: „Na was? Mach es nicht so spannend!"

Moema lächelte verschmitzt: „Komm. Schau auf meinen Monitor!"

Corinna stand hinter Moema und schaute nun auf den Monitor. Sie war auch überrascht: „Das gibt es doch nicht."

„Ich war genauso erstaunt." sprach Moema.

Corinna deutete mit dem Zeigefinger auf den Monitor: „Das sind Spuren von Tachyonen. Es sind aber keine Alpha- oder Betatachyonen. Schau dir die Amplituden an. Alles sieht anders aus bei dieser Art von Tachyonen. Und schau dir die Richtung an! Wo kommen diese Tachyonen her? Wo ist der Ursprung?"

Moema zuckte die Schultern: „Soweit war ich noch nicht. Sie müssen allerdings keinen direkten Ursprung haben. Die kosmische Hintergrundstrahlung ist auch überall.“

„Die hat ihren Ursprung im Urknall. Sie ist quasi das Echo des Urknalls. Aber das ist was Anderes. Versuch mal raus zu bekommen, wo sie herkommen. Die Spur ist sehr schmal.“ sagte Corinna.

„Warte mal. Hier…, sie kommt genau aus der Richtung von…“, Moema sprach etwas gedehnt, „aus der Richtung von Hadar, also Beta Centauri.“

„Beta Centauri? Hast du genauere Daten?“ wollte Corinna wissen.

„Also, Beta Centauri liegt 530 Lichtjahre entfernt. Es ist ein Dreifachsternsystem, bestehend aus drei blauen Riesen. Das wäre eine Entdeckung. Wow! Blaue Riesen als Ursprung von einer unbekannten Art Tachyonen!“ antwortete Moema.

Corinna sagte daraufhin: „Scann mal andere blaue Überriesen und Riesen und scann auch rote Riesen und weiße Riesen!“

„Da kann ich auch gleich alle Arten von Riesensternen scannen.“ Moema scannte nun sehr intensiv. Sie nahm mehrere Riesen und

Überriesen ins Visier. Es dauerte eine Weile bis sie fertig war. Das Ergebnis war auch eine Überraschung. „Sooo, also ich habe jetzt die blauen Überriesen Bellatrix, Alnilam, Naos gescannt. Nichts, keine neuen Tachyonen. Bei den roten Riesen Aldebaran, Beteigeuze und Mira auch nichts, Ebenso bei den weißen und gelben Riesen wie Capella, Thuban, Sigma Octantis. Auch aus der großen und der kleinen Magellanschen Wolke kommt nichts dergleichen. Also kommt wirklich nur Beta Centauri in Frage. Aber nichts ist einmalig im Universum."

„Und wo führen die Spuren hin? Die enden doch nicht hier?" fragte Corinna.

„Zu einem Bergmassiv auf der Oberfläche des Planeten. Und zwar zu dem Massiv wo sich auch die kleine Höhle und die Gänge befinden." erklärte Moema.

Corinna fragte: „Kannst du die Streuung feststellen?"

Moema nickte: „Sehr geringe Streuung!"

Corinna war überrascht: „Wie? Eine sehr geringe Streuung? Auf diese Entfernung? Weißt Du was das bedeutet? Das kann doch nur heißen, dass diese Tachyonen gezielt ausgesandt wurden!"

Moema nickte: „Ja, das sieht so aus. Erst dieses kleine Blechteil in der Höhle, dann fremde DNA und nun diese Strahlen.“

Corinna rief nun Samantha und Otekah. Sie teilte ihnen die neuartigen Erkenntnisse mit. Sowohl Samantha und auch Otekah suchten nun nach Resten dieser Tachyonenstrahlung. Vielleicht konnten sie etwas Brauchbares finden. Corinna scannte hingegen nun die gesamte Oberfläche des Planeten.

11.

Die Suche nach den ominösen Tachyonenstrahlen erwies sich als schwierig. Wenn die Richtung stimmt, mussten Otekah und Samantha mitten in dem Bergmassiv suchen. Und eine Spur von ihren vermissten Leuten hatten sie auch noch nicht. Wieder und wieder scannten sie die Höhlen und die verschiedenen Gänge. Durch den Magnetit war dies allerdings schwierig und aufwendig. Auch aus dem Orbit war es schwierig. Corinna konnte ihre Scans auch weitestgehend nur an der Oberfläche machen. Tief unter der Oberfläche machte der Magnetit die Scannung aus dem All ebenso fast unmöglich.

Nach mehreren Stunden meldete sich schließlich Otekah: „Ich habe etwas. Ich habe weitere Höhlengänge entdeckt. Ein Gang endete auch wieder in einer Höhle. Es ist allerdings eine sehr kleine Höhle. Dort hat eine Drohne Gas entdeckt und mehrere menschliche DNA. Die ganze Höhle ist mit diesem Gas gefüllt. Da der Gang, welcher in diese Grotte führt, steil nach oben geht und das Gas leichter als die sonstige Luft ist, kann es aus der Höhle nicht entweichen. Es gibt nämlich aus dieser Höhle keinen weiteren Gang. Die Analyse des Gases ergab, dass es ein Quecksilbergas ist. Die menschliche DNA befindet sich weitestgehend an den Wänden und dem Boden. Ich habe hier auch die fremde DNA ausmachen können. Ich habe ebenso enorme Vorkommen von der DNA der Iguaner gefunden. Die Wände und der Boden zeigen Bearbeitungen am Gestein, welche erst kürzlich erfolgten.“

„Also waren unsere Leute dort. Ebenso die Fremden.“ meinte Corinna.

Samantha fragte: „Könnten die Bearbeitungen an den Wänden auch von Zerstörungen infolge von Gewalt und Kämpfen hervorgerufen worden sein?“

Otekah nickte zustimmend: „Durchaus möglich!“

„Es könnte also zu Auseinandersetzungen gekommen sein zwischen unseren Leuten mit den Fremden und den Iguanern." sagte Corinna.

„Aber wo sind dann unsere Freunde? Sie müssen doch irgendwo sein?" Otekah Stimme klang sehr aufgeregt.

„Bleib ganz ruhig. Wir werden sie finden. Irgendwo müssen sie sein. Und sie sind gesund. Daran müssen wir fest glauben!" sprach Samantha beruhigend.

„Otekah, du scannst noch einmal diese kleine Höhle nach weiteren Spuren und dann triffst du dich mit Samantha! Alles klar?" sprach Corinna.

Otekah sagte: „Alles klar."

Samantha nickte: „Eye, eye!"

Saydala und Luna kamen ins Cockpit. Otekah informierte sie. Alle drei Frauen hatten geliebte Menschen unter den Vermissten. Es fiel allen dreien schwer, weiter in Ruhe zu arbeiten. Aber es half nichts. Otekah ließ nun die Drohne Millimeter für Millimeter alles genauestens scannen. Der Boden, die Wände, die Decke, jede Nische ließ sie abtasten. Es muss doch irgendeinen Hinweis geben! Zwei Stunden sind schon vergangen. Sie hatten immer noch nichts gefunden.

Otekah wollte schon aufgeben. Da rief Saydala:
„Da oben an der Decke! Es ist sehr klein! Etwas
Metallisches.“

Luna meinte: „Bestimmt auch wieder nur ein
metallischer Einschluss!“

Saydala schüttelte den Kopf: „Nein. Es ist nur
wenige Millimeter groß! Das ist etwas Anderes!“

Otekah schaute auch auf die Aufnahmen: „Ich
sehe nichts.“

Sie schauten gebannt auf ihre Monitore. Otekah
ließ jetzt noch einmal die Decke abscannen.
Plötzlich schlug die metallische Skala für einen
Bruchteil einer Sekunde aus. Es müsste also
etwas Metallisches dort sein. Otekah lenkte die
Drohne genau an diese Stelle der Decke. Und
dann sahen sie einen winzigen silbrigen Punkt.
Luna stellte auf Vergrößerung. Und jetzt sah man
genau um was es sich handelt. Die drei Frauen
sahen sich ungläubig an.

Luna rief: „Das ist ein winziger Speicherchip!“

Otekah fragte überrascht: „Wie kommt der an
die Decke?“

Saydala sprach: „Genau. Die Decke ist fünf Meter
hoch!“

Otekah ergriff den Joystick: „Ich flieg ganz nah
ran und dann werde ich versuchen, den Chip mit
dem Miniaturarm zu erfassen:“

Luna sagte: „Sei ja vorsichtig. Diese Nervochips sind hochempfindlich!"

Ganz langsam bewegte Otekah die Drohne an den Chip heran. Mit äußerster Vorsicht erfasste der kleine Greifarm diesen Mikrochip. Die winzigen Nervobahnen auf ihm waren wie Ganglien in einem Gehirn. Sie konnten Unmengen von Daten speichern oder supraschnelle Rechenoperationen durchführen. Als der Greifarm den Chip gesichert hat, lenkte Otekah die Drohne wieder heraus aus der kleinen Höhle und ließ die Drohne per Autopilot zurück zum Amphibienfahrzeug fliegen. Dort konnte man es kaum erwarten, diesen Chip untersuchen zu können. Samantha fuhr inzwischen mit dem Bohrschiff zum Punkt des Rendezvous mit dem Amphibienfahrzeug, um es wieder aufzunehmen. Nach zwei Stunden traf sich das Bohrschiff mit dem Amphibienfahrzeug. Zehn Minuten später traf auch die Drohne ein. Der Chip konnte nun untersucht und eventuell vorhandene Daten ausgewertet werden.

Samantha machte sich sogleich an die Auswertung. Der Chip wurde mit dem Computer verbunden. Es dauerte nicht lange und alle Daten waren gesichert. Auf dem Chip waren Fotos und Videoaufnahmen gespeichert. Nun saßen alle wie gespannt auf der Brücke zusammen. Sie konnten es kaum erwarten, die Aufnahmen zu sehen. Corinna und Moema waren von der Aminata zugeschaltet.

Auf den Fotos war zu sehen, wie die Kuppelstation aufgebaut wurde. Ebenso war zu sehen wie das Amphibienfahrzeug startklar gemacht wurde und es gab Bilder von der Fahrt durch den Eiskanal. Von den Ereignissen in der Höhle waren nur Videoaufzeichnungen auf dem Chip.

Sie sahen die ersten Großaufnahmen von der Höhle. Später sahen sie, wie Iguaner das Bohrschiff angriffen. Die Angriffe wurden immer heftiger. Bei einem Außeneinsatz wurden zwei, Frank Silver und Onatah Black, von Iguanern überrascht. Es kam zu einem heftigen Kampf. Nur durch den Einsatz ihrer Laserwaffen konnten sie schließlich die Angreifer zurückschlagen. Die Angriffe eskalierten erneut. Schließlich kamen hunderte Iguaner mit Steinen und Speeren bewaffnet. Es gelang ihnen, in das Bohrschiff einzudringen. Die Crew konnte sich nur mit größter Mühe in das Amphibienfahrzeug retten und fliehen. Dabei wurden auch einige Raumanzüge beschädigt. Zum Glück war die Atmosphäre atembar. Frank versuchte wiederholt die Kuppelstation zu erreichen. Er konnte nicht wissen, dass die beiden Crewmitglieder dort bereits tot waren. Bei den Angriffen gingen die Iguaner sehr gezielt vor. Schließlich rettete die Crew sich mit dem Amphibienfahrzeug in einen Höhlengang. Dort fanden sie den schwarzen Container. Sie untersuchten diesen. Auf einem weiteren Video war zu sehen, wie eine fremde Gestalt, kein Iguaner, vor Frank stand. Im Hintergrund lagen alle Crewmitglieder regungslos auf dem Boden. Niemand hatte mehr einen Raumanzug an. Sie sahen noch wie Frank zusammenbrach. Die fremde Gestalt war noch ein paar Mal zu sehen. Sie war nicht sehr groß und sehr schlank. Sie hatte einen Kopf, offensichtlich zwei Arme und zwei Beine. Gesichtszüge waren nicht so genau zu erkennen. Auf dem letzten Video sahen sie, dass alle Crewmitglieder in ein Fahrzeug geladen wurden. Man konnte deutlich Onatah, Frank und Gabriel erkennen. Als Letztes sahen sie eine Datei mit unbekannten Zeichen. Dazu hörten sie eine sehr tiefe unbekannte Stimme.

Sie saßen alle wie versteinert da. Luna, Moema und Otekah weinten. Saydala zitterte am ganzen Körper. Henry vergrub sein Gesicht in seine Hände. Corinna und Samantha schauten bestürzt. Ihr Atem ging heftig. Zu furchtbar war das Gesehene. Saydala sah in die Runde und stammelte: „Sie, sie sind alle tot. Was soll nun werden?"

Corinna sprach ruhig: „Wir wissen nicht, ob sie alle tot sind."

Otekah schrie: „Hast du das nicht gesehen? Ihre leblosen Körper wurden von, von irgendwelchen Gestalten fortgetragen."

Samantha war ebenfalls ruhig: „Das kann vieles bedeuten. Vielleicht sind sie nur ohnmächtig. Denkt an die Gase in dieser kleinen Höhle. Wenn sie diese länger eingeatmet haben, können sie auch ohnmächtig sein."

Corinna nickte: „Sam, versuch diese unbekannte Schrift und diese tiefe Stimme zu enträtseln. Vielleicht erfahren wir dann etwas mehr."

Samantha: „Okay, mach ich."

„Und ihr Anderen macht alles fertig zum Abflug. Ihr kommt zurück zur Aminata." befahl Corinna.

12.

Strahlender Sonnenschein lag über Buenos Aires. Das alte rosa Gebäude Casa Rosada, der frühere Präsidentenpalast von Argentinien, hatte in den letzten Jahrhunderten nichts von seinem Charme verloren. Der Plaza Mayo vor dem Gebäude war ein beliebter Platz. Die Menschen gingen im Park spazieren oder erholten sich auf den Bänken und Rasenflächen. Ein paar Gaukler zeigten ihre Kunststückchen, Kinderlachen war zu hören. Im Casa Rosada trafen sich normalerweise die Repräsentanten der Organisation der amerikanischen Regionen. Heute waren hier allerdings die Mitglieder des Sekretariats der Internationalen Astronautischen Union. Die Berichte des Raumschiffes Aminata aus dem System Alpha Centauri waren so beunruhigend, dass man sich zu einer dringenden Sitzung zusammenfand. Den Vorsitz hat derzeit die mongolische Astrophysikerin Dr. Inara Changal.

„Werte Kolleginnen und Kollegen. Sie alle haben den Bericht der Aminata vernommen. Sie kennen also die beunruhigenden Vorgänge. Ich habe im Vorfeld Dr. Alim Nadir von der Universität Palästina und Dr. Naftali Goldstein von der Israelischen Akademie der Naturwissenschaften gebeten, die Daten von dem Raumschiff Aminata zu prüfen. Bevor wir keine Klarheit haben, wollten wir die Daten nicht ins Netz setzen. Bitte meine Herren.“

Dr. Goldstein räusperte sich: „Ja meine Damen und Herren. Die Daten von den neu entdeckten Tachyonen lassen unserer Meinung nur einen Schluss zu. Der Ursprung dieser mysteriösen Strahlung kann nur einen künstlichen Hintergrund haben."

Es entstand Unruhe im Raum. Es gab ein paar Zwischenrufe. Es dauerte ein paar Minuten bis sich die Gemüter wieder etwas beruhigt haben. Eine heftige Diskussion begann.

Dr. Phil Newton von der amerikanischen Weltraumbehörde: „Wie kommen sie darauf?"

Dr. Nadir nahm nun das Wort: „Die Spur der Tachyonen endet bei den blauen Riesen Beta Centauri. Wir haben genauere Scans durchgeführt. Unsere Sonden am Rande der Oortschen Wolke und des Kuipergürtel haben das ergeben. Wir haben auch mit Teleskopen von der Erde aus Beobachtungen durchgeführt. Mit den Teleskopen der Universität Namibias haben wir die Strahlungen vermessen. Die Messungen waren so genau, dass wir sagen können, dass die Quelle etwa zwischen einem und zwei Astronomischen Einheiten zwischen den blauen Riesen entfernt liegen muss."

Frau Dr. Al-Dhabi von der ägyptischen Universität in Kairo: „Nur zwei Astronomische Einheiten?

Das ist ein Dreifachsternsystem bestehend aus drei Riesensternen. Diese Sterne umrunden sich in einem Abstand von etwa 4 Astronomischen Einheiten. Nichts kann in einer solchen Nähe zu drei blauen Riesen existieren!"

Dr. Nadir runzelte die Stirn und sprach: „Jetzt verstehen sie vielleicht auch das Problem. Eine künstliche Quelle unter solchen Bedingungen setzt einen Entwicklungsstand voraus, welcher für uns noch unvorstellbar ist. Wenn man dann die Bilder in diesem Zusammenhang betrachtet vom Planeten Satyr, kann dies durchaus eine Bedrohung für die Erde werden."

Frau Mareike Vandenberg vom Geheimdienst der Astronautischen Union: „Das sehe ich genauso. Wir müssen uns auf das Schlimmste vorbereiten!"

Dr. Amanaki Kahanamoku, Physiker aus Polynesien: „Warum sollten die Fremden für uns eine Gefahr darstellen? Unsere Leute waren augenscheinlich verletzt, ihre Raumanzüge defekt. Die giftige Luft in dieser Höhle nahm ihnen den Atem. Vielleicht haben die Fremden sie gerettet?"

Mareike Vandenberg schüttelte den Kopf: „Und warum haben sie uns dann nicht kontaktiert? Sie hätten in der Kuppelstation die Herkunft unserer

Leute herausfinden können. Oh nein, ich glaube nicht, dass diese fremden Raumfahrer friedlich sind."

Hannes Wolff, Triebwerksingenieur aus Deutschland: „Ich bin der gleichen Meinung wie Amanaki. Warum sollten sie gefährlich sein? Wir haben ihnen keinen Grund gegeben."

Mareike Vandenberg schaute in die Runde: „Was schlagen sie also vor?"

Dr. Goldstein lehnte sich zurück und sagte: „Wir sollten zum System Beta Centauri fliegen und der Sache zunächst dort auf den Grund gehen!"

Dr. Khama, Leiter der afrikanischen Astronautischen Union: „Das wird aber ein sehr langer Flug. 530 Lichtjahre sind kein Pappenstiel. Da sind wir selbst mit höchster Warpgeschwindigkeit vielleicht zwei Jahre unterwegs."

Dr. Changal lächelte: „Herr Wolff, wie sind die letzten Testergebnisse ihrer neuen Triebwerke?"

Hannes Wolff lächelte ebenfalls: „Sehr vielversprechend. Wir sind in der Lage den Faktor der Raumkrümmung weiter zu erhöhen. Dadurch würde sich eine solche Reise verkürzen, sagen wir mal auf zehn bis elf Monate!"

Dr. Kahanamoku hob die Augenbrauen: „Ich wusste gar nicht, dass sie mit den neuen Triebwerken schon so weit sind!"

Hannes Wolff lächelte erneut: „Wir haben auch noch nicht alle Testergebnisse veröffentlicht. Wir sind immer noch in der letzten Testphase. Aber ich denke, wir könnten die ersten Probeflüge in den nächsten Tagen durchführen."

Dr. Khama etwas verärgert: „Ich finde es nicht gut, dass wir erst so spät davon informiert werden, dass die neuen Triebwerksarten schon durch die Tests laufen. Informieren Sie uns doch bitte zukünftig etwas schneller. Was soll diese Geheimniskrämerei?

Dr. Changal blickte verlegen: „Entschuldigen Sie. Sie haben Recht. Ich lasse Ihnen noch heute die Testergebnisse zukommen. Also gut, dann führen sie, Herr Wolff, die Tests durch. Sollten sie erfolgreich verlaufen, könnten wir also eine Crew zu Beta Centauri schicken?"

Dr. Nadir rief: „Ich bin dafür! Nur eine menschliche Crew kann dies bewältigen. Wir sollten ihnen aber mehrere Androiden mitgeben. Diese Androiden stammen aus einem Labor in Mogadischu, wir nennen sie Mac, Robbie und Kyb. Sie entsprechen zwei Frauen und einem

Mann. Ganz einfach. Sie haben auch solche Stimmen.“

Dr. Changal wandte sich an Hannes Wolff: „Können die neuen Triebwerke in die Aminata eingebaut werden? Sind diese kompatibel?“

Hannes Wolff nickte: „Das ist kein Problem. Der Umbau würde nur ein paar Tage dauern. Wir können ebenso neu entwickelte Positronentorpedos installieren und ihnen die neuen Handimpulslaser mitgeben. Diese Laserpistolen haben eine wesentlich größere Reichweite.“

Dr. Changal nickte zustimmend: „Ausgezeichnet.“

Dr. Kahanamoku fragte: „Wer soll die Crew sein?“

Dr. Khama sagte daraufhin: „Ich wüsste da jemanden!“

Mareike Vandenberg schüttelte den Kopf: „Ich weiß, was jetzt kommt! Corinna Mumba! Stimmt's? Immer diese verrückte Namibierin!“

Dr. Al-Dhabi meinte: „Sie hat die meisten Erfahrungen. Niemand sonst war so oft interstellar unterwegs! Und das hier wird ein Himmelfahrtskommando.“

Dr. Changal nickte: „Frau Mumba wäre für mindestens zwei Jahre weg von der Erde. Sie hat einen Lebenspartner. Das Gleiche gilt für Samantha Brown. Das gebe ich zu bedenken."

Dr. Nadir meinte: „Die Lebenspartner sind doch ebenfalls Raumfahrer. Fred Kleinschmidt ist Raumfahrttechniker und John York ebenso. Sie könnten die Crew verstärken."

Dr. Phil Newton schaute in die Runde: „Dann holen wir also die Aminata zurück vom Alpha Centauri?"

Dr. Changal nickte erneut: „ Ja. Wir beordern sie zurück. Sie wird umgerüstet mit den neuen Triebwerken, sie erhält auch eine zusätzliche Panzerung und wird abflugbereit gemacht für den Flug zu Beta Centauri. Fred Kleinschmidt und John York sowie drei Androiden werden die Crew verstärken. Sind alle damit einverstanden?"

Alle, bis auf Mareike Vandenberg, waren mit der Vorgehensweise einverstanden.

Frau Vandenberg war etwas enttäuscht vom Abstimmungsergebnis: „Ich gebe noch einmal zu bedenken, dass die Fremden uns feindlich gesinnt sein könnten. Ich halte es wie Frau Al-Dhabi für ein Himmelfahrtskommando. Ich halte es für unverantwortlich."

Dr. Changal sah Mareike Vandenberg an und sprach: „Wir müssen aber versuchen, Licht in diese Sache zu bringen. Die Erde ist vielleicht bedroht. Dort sind Fremde aufgetaucht, welche Leute von uns wahrscheinlich entführten. Eine automatische Sonde könnte eine solche Expedition nicht durchführen. Es müssen wahrscheinlich Entscheidungen getroffen werden, schnell und kompromisslos. Und dafür ist Frau Mumba die Beste."

13.

Auf der Orbitalstation Okavango wurde die Aminata vom Leiter der Station Viktor Sekoto empfangen. Nach einer kurzen Begrüßung bat er alle in das kleine Restaurant. Dort übergab er auch die Chips für die Zimmer. Nach dem Essen saß man noch gemütlich zusammen, trank einen Kaffee oder Tee und unterhielt sich noch ein bisschen.

„Das war gut. Ich hatte nämlich Hunger." sagte Corinna

„Wann hast du mal keinen Hunger?" sprach sarkastisch Samantha.

„Ich kann nichts dafür. Ich war schon als Kind immer hungrig." meinte Corinna.

Viktor Sekoto lachte: „Wir haben hier einen ausgezeichneten Koch. Es wird ihnen schmecken.“

Corinna nickte: „Oh, ich weiß. Wir waren ja schon öfters hier. Sagen Sie, Viktor, was macht eigentlich ihr Vorgänger Herr Ayize Grunwald?“

„Ayize ist jetzt Leiter der Forschungsstation beim Zwergplaneten Sedna. Diese Station wird umgebaut als Startbasis für Expeditionen zur Kolonisierung anderer Systeme. Die Station wird gerade fertiggestellt.“ antwortete Sekoto.

„Sind die Pläne zur Kolonisierung schon so weit fortgeschritten?“ wollte Samantha wissen.

Viktor Sekoto nickte: „Oja. In vier Jahren soll planmäßig mit der ersten Kolonie angefangen werden.“

Corinna war überrascht: „Das wusste ich gar nicht.“

Otekah fragte: „Wo soll denn die erste Kolonie errichtet werden?“

„Auf dem dritten Planeten des Asterion.“ antwortete Sekoto.

„Steht schon fest wer die Kolonisten sein sollen?“ fragte Luna.

Viktor Sekoto schüttelte den Kopf: „Nein. Erst muss die Station beim Sedna fertig sein, dann werden unbemannte Sonden zum Asterion und

seiner Planeten gesandt. Wenn die Daten
ausgewertet sind, werden Kolonisten gesucht.
Aber das soll alles in vier Jahren erledigt sein.
Eine Frage! Sie wollen wohl dabei sein?"
Luna nickte und sprach: „Meine Gefährtin
Onatah und ich wollten so etwas in der Art
machen. Wir hätten da Interesse dran."
Otekah war erstaunt: „Das habt ihr mir nie
gesagt."
Luna sah Otekah an und sagte: „Kommt doch
mit! Du und Frank hättet da eine echt tolle
Aufgabe."
Saydala rief: „Und was wird aus mir und Gabriel?
Wollt ihr uns alleine lassen?"
Luna sah zu Saydala: „Ihr könnt doch auch
mitkommen. Und du Samantha?"
Samantha nickte: „Ich hätte schon Interesse.
Auch wird es langsam Zeit für ein Kind. John und
ich haben auch schon an so etwas gedacht."
Corinna winkte ab: „Spinnt ihr nur weiter."
Viktor Sekoto schüttelte den Kopf: „Warum
Spinnerei? Wir wollen etwa zwanzig Kolonisten
zum Asterion schicken. Der dritte Planet ist wie
geeignet zur Kolonisierung. Die ersten Kolonisten
werden mit der Terraforming beginnen und die
Station aufbauen. Dabei sollen dort auch Kinder
geboren werden."

Saydala etwas betrübt: „Da sind Gabriel und ich die Falschen. Unsere Biologie ist nicht kompatibel.“

Otekah meinte: „Frank und ich auch. Ich bin schon in den Wechseljahren“

Luna sagte: „Da sind wir, außer Samantha und John, wohl alle etwas falsch?“

Viktor Sekoto stand auf: „Ich muss sie jetzt allein lassen. Die Pflicht ruft. Sie kennen sich hier ja aus. In einer Stunde werden Fred Kleinschmidt und John York mit der nächsten Fähre von der Station Sepik erwartet.“ Er verabschiedete sich.

Moema und Henry haben zu allem noch geschwiegen. Samantha schaute zu ihnen: „Was ist mit euch?“

Moema etwas verlegen: „Ich weiß noch nicht, was ich machen will!“

Luna fragte sehr direkt: „Hast du einen Partner oder eine Partnerin?“

Moema war etwas verlegen: „Nein, nicht direkt.“

Otekah sah sie neugierig an: „Was heißt hier nicht direkt? Ich bin neugierig!“

Moema war immer noch verlegen: „Naja, ich habe da schon jemanden. Er weiß es nur noch nicht!“

Corinna hob die Hände: „Oje, eine unerfüllte Liebe.“

Moema wehrte ab: „Nicht ganz. Wir sind schon sehr befreundet. Vielleicht sogar mehr, aber genaue Pläne haben wir noch nicht. Wir sind erst ein paar Wochen zusammen."

Samantha schaute etwas verschmitzt: „Kennen wir ihn vielleicht? Na?"

Moema nickte und fing an zu weinen: „Es ist Anori Ajuricaba."

Corinna sah sie mitfühlend an: „Keine Bange. Wir werden unsere Leute wieder finden und gesund heimführen!"

Corinna wandte sich noch einmal zu den Anderen: „Da ist euer großer Traum wohl geplatzt? Ihr gebt aber schnell auf!"

Luna lachte: „Noch ist nicht aller Tage Abend. Jetzt sollten wir uns erst einmal darauf konzentrieren zum Beta Centauri zu fliegen und unsere Liebsten heimholen."

Corinna lächelte: „Es ist aber schön, dass ihr alle optimistisch seid und nicht den Kopf in den Sand steckt. Ihr macht Pläne für die Zukunft und das ist auch gut so."

Otekah stand jetzt ebenfalls auf: „Ich bin etwas müde. Ich gehe jetzt in mein Zimmer."

Die Anderen standen ebenso auf und gingen auf ihre Zimmer. Samantha tippte Corinna auf die

Schulter und bedeutete ihr noch einen Moment zu bleiben. Otekah schaute etwas überrascht.

Samantha meinte nur: „Wir bleiben noch und warten auf unsere Männer!"

Corinna nickte: „Genau. Ich hoffe, dass sie sich nicht verspäten."

Als die anderen weg waren sah Corinna Samantha an und sprach: „Du willst doch was anderes sagen. Auf unsere Männer können wir auch in unseren Zimmern warten."

Samantha sagte: „Du hast Recht. Ich finde ja auch gut, dass wir optimistisch bleiben. Aber ich denke da etwas anders. Wir haben doch die Bilder gesehen. Unsere Leute sahen nicht sehr lebendig aus, als die Fremden sie mitnahmen. Und dann führt die Spur zu einem Dreifachstern bestehend aus drei blauen Riesen."

Corinna fragte: „Was willst du damit sagen?"

Samantha sagte leise fast flüstern: „Ich will sagen, dass ich mit dem Schlimmsten rechne. Und wer weiß, ob wir sie jemals finden. Die Fremden können ihre Heimat unmöglich bei den blauen Riesen haben. Diese blauen Riesen haben keine habitablen Zonen. In den paar Millionen Jahren, die sie existieren, kann sich kein Leben entwickeln. Das weißt du so gut wie ich."

Corinna überlegte kurz und sprach: „Ich weiß. Von der gigantischen Strahlenmenge mal ganz abzusehen. Und wenn man die Tachyonenspur verfolgt, endet sie genau zwischen diesen blauen Riesen. Da kann nichts, aber auch gar nichts existieren. Dort herrscht eine gigantische Gravitation vor. Das ist selbst für die aufgerüstete Aminata ein Hexenkessel. Selbst unsere Chancen zu überleben sind gering. Aber wenn unsere Leute noch am Leben sind, haben wir die Pflicht alles zu ihrer Rettung zu tun."

Samantha nickte: „Du hast Recht. Holen wir sie heim!"

Dann kam plötzlich die Mitteilung, dass sich die Ankunft der Fähre von der Station Sepik um zwei Stunden verzögert.

Corinna sah auf die Uhr: „So ein Mist. Gut, kann man nichts ändern. Ich gehe auf mein Zimmer."

Samantha nickte: „Ich auch. Unsere Männer werden den Weg zu uns schon finden."

Corinna und Samantha gingen auf ihre Zimmer. Corinna nahm zunächst eine Dusche. Dann legte sie sich ins Bett. Es dauerte nicht lange und sie schlief ein. Plötzlich erschrak sie und machte das Licht an. Fred war inzwischen gekommen: „Hast du mich erschreckt."

Fred zog sich rasch aus und krabbelte unter ihre Bettdecke und gab ihr einen Kuss.

„Entschuldige. Ich wollte dich nicht wecken. Du hast so schön geschlafen." sprach Fred.

Corinna küsste ihn wieder. „Bist du jetzt müde?" fragte sie ihn.

„Nee, Eigentlich nicht." sagte Fred.

Corinna lächelte verschmitzt: „Und uneigentlich?"

Fred lachte: „Und uneigentlich auch nicht:"

Corinna lachte und sprach: „Schön!" Dann legte sie sich auf ihn und küsste ihn. Langsam zog Corinna sich aus. Fred strich mit seinen Händen langsam über ihren Körper. Behutsam streichelte er ihre Brüste. Immer wieder küssten sie sich. Sie waren mehrere Wochen voneinander getrennt. Der Appetit auf den geliebten Partner war riesengroß. Zum Schlafen kamen sie nun nicht mehr.

Am nächsten Morgen trafen sich Corinna, Samantha und Moema bei der Aminata. Moema wollte die Androiden in Augenschein nehmen, Samantha war für die Vorräte zuständig und Corinna sprach mit den Ingenieuren und Mechanikern über den Umbau der Triebwerke. Später kamen John und Fred, um sich inzwischen mit der Aminata vertraut zu machen. Sie waren noch nie mit diesem Schiff unterwegs. Die anderen Crewmitglieder hatten ein paar Tage Urlaub. Sie flogen zur Erde zu Verwandten und Freunden. Nach einer Woche war alles bereit. Die neue Ausrüstung und Proviant waren verstaut. Die neuen Triebwerke waren installiert. Die Androiden konnten unter der Anleitung von Moema gute Dienste erbringen. Sie wurden vom Aussehen her dem Menschen etwas nachempfunden, aber nicht kopiert. Sie waren genau 1,80 m groß. Sie hatten keine Haare, eine silbrig glänzende Haut. Sie waren mit den neuen Nervoschaltkreisen ausgerüstet. Sie verfügten über keinerlei Emotionen. Ihr Denkvermögen war nur auf das Ausführen von Befehlen ausgerichtet. Mund und Augen hatten eine durchschnittliche menschliche Größe. Die Nase war schmal und hatte eine Geruchsfunktion. Zwei Androiden waren einer Frau nachempfunden und einer einem Mann. An der Aminata wurden auch zusätzliche Module angebracht, eines auch für Freizeitaktivitäten. Es gab ein Modul, in welchem ein kleiner Park angelegt wurde. Dort wuchsen kleine Sträucher, es gab eine kleine Rasenfläche, einen Springbrunnen, sogar einige Singvögel, ein Pärchen Igel und Erdhörnchen waren im Park. Der Android Kyb war zur Pflege des Parks programmiert. Alles war perfekt. Die Aminata war gar nicht wieder zu erkennen. Aber es musste sein. Dieser Flug konnte unter Umständen Jahre dauern. Da musste für das Wohl der Crew alles getan werden. Computersimulationen zeigten an, dass alles funktionierte. Es konnte also losgehen.

Die gesamte Crew der Aminata saß auf der Brücke. Die meisten waren etwas aufgeregt. Auf dem großen Bildschirm zeigte sich Dr. Changal.

„Holen Sie unsere Leute heil nach Hause. Eine stabile Tachyonenverbindung zur Kommunikation wird auf diese gewaltige Entfernung nicht möglich sein. Eine Nachricht wird mehrere Wochen benötigen. Sie sind also weitestgehend auf sich allein gestellt" sprach Dr. Changal.

„Danke Inara. Wir werden Sie nicht enttäuschen. Wir werden ab und zu Bericht erstatten. Unsere Berichte werden allerdings mehrere Wochen später erst eintreffen. Trotzdem." sagte Corinna.

„Also, alles Gute. Kommen auch Sie gesund nach Hause!" sagte zum Abschluss Dr. Changal.

„Eye, eye!" entgegnete Corinna.

Mareike Vandenberg verfolgte die Zeremonie. Danach kontaktieren Sie Dr. Changal per Holophone und sprach: „Hoffentlich sehen wir sie wieder. Ich habe meine Zweifel, dass sie dies überleben!"

Dr. Changal sah sie nur schweigend an.

14.

Der Flug zu Beta Centauri begann zunächst mit einem Test der neuen Komponenten. Corinna flog mit der Aminata zum Neptun. Der Flug dauerte nur eine Stunde mit dem neuen Warpantrieb. Und dabei war der neue Antrieb noch nicht einmal auf Höchstleistung eingestellt. Als zweiter Test war ein Flug jenseits der Neptunbahn rund um die Sonne angesetzt. Auch dafür brauchten sie nur vier Stunden.

Corinna war begeistert: „Wow. In vier Stunden rund um die Sonne in 30 Astronomischen Einheiten. Das ist Wahnsinn. 4,5 Milliarden Kilometer in nur vier Stunden. Und das war noch nicht einmal Höchstgeschwindigkeit."

Samantha meinte: „Na dann. Wir können loslegen! Oder willst du einen weiteren Test?"

Corinna sah sie an und erwiderte: „Nein. Wir dürfen nicht allzu viel Zeit verlieren. Die

Testdaten sehen ausgezeichnet aus. Seit ihr alle bereit?"

Auf der Brücke gaben alle ihr Okay. Corinna schaute noch einmal auf die letzten Testdaten.

Corinna setzte sich gerade hin und sprach: „Okay. Sam, mach alles fertig und dann Start."

Plötzlich wurde der Bildschirm weiß. Samantha schaltete die Kameras aus und legte die Computerdaten auf den Bildschirm. Dort sah man nur sich ständig veränderte Daten zur zurückgelegten Wegstrecke, Kurven über die Dynamik des Warpantriebs, die Lage der Tachyonenspur, der sie folgten und Feldlinien der Gravitationsfelder. Bei einer derartigen Geschwindigkeit konnte man sich sowieso nur auf die Instrumente verlassen. Im sichtbaren Licht war nichts zu erkennen.

Nach einer Stunde wurden noch einmal alle Daten überprüft auf irgendwelche Schwankungen und Unregelmäßigkeiten. Aber es zeigten sich keine Fehler. Die neuen Triebwerke arbeiteten hervorragend.

Corinna räusperte sich und sagte: „So. Ich stelle alle Uhren jetzt auf null Uhr. Die jetzige irdische Zeit spielt eh keine Rolle. Ab sofort tritt der ausgearbeitete Schichtplan in Kraft. Ich nenne ihn jetzt noch einmal:

1. Corinna, Fred, Henry 0.00 - 08.30 UHR;

2. Samantha, John, Saydala, 08.00 - 16.30Uhr;

3. Otekah, Moema, Luna 16.00 - 0.30 Uhr.

Nur im Notfall wird er geändert. Er gilt bis zur Position von zwei Lichtjahren vor dem System Beta Centauri. Alles klar? Gut. Na dann los. Bis später!"

Nun begann eine elfmonatige eintönige Zeit. Wenn nichts Außergewöhnliches passiert tagaus, tagein der gleiche Trott. Manchmal lagen auch die Nerven blank. Corinna und Samantha hatten es dabei noch am einfachsten. Sie hatten ihre Lebenspartner an ihrer Seite. Die Anderen waren allein. Ihre Partnerinnen und Partner waren verschollen. Zu ihrer Rettung war man aufgebrochen. Nur verständlich, dass es ihnen nicht schnell genug ging. Je näher das Ziel kam, desto unruhiger wurden manche. Am schwersten hatte es Saydala. Sie war die einzige Außerirdische an Bord. Sie war fast ihr ganzes Leben eine Sklavin. Sie wurde gedemütigt und sexuell ausgebeutet. Erst ihre Befreiung durch Corinna und ihrer Crew vor ein paar Jahren brachten ihr die Freiheit. Es war für sie sehr ungewohnt, damit umzugehen. Sie verliebte sich in Gabriel. Und nun war er verschollen. Oft saß Saydala voller Trauer und auch Hilflosigkeit allein auf einer Parkbank. Sie als Mandorianerin konnte nicht weinen. Manchmal beneidete sie die Menschen für diese Angewohnheit. Oft saß sie einfach apathisch da und verfiel ins Grübeln. Dann zog sie sich immer mehr zurück. Corinna bemerkte dies. Es waren nun schon fünf Monate vergangen. Sie sprach mit Samantha und Otekah darüber. Sie kamen überein, dass man den Schichtplan ändern müsste. Auch bei Luna und Moema zeigten sich psychische Probleme. Für den Rest des Fluges wollte man wöchentlich die Schichten rotieren lassen. Man wollte einfach für Abwechslung sorgen. Das funktionierte auch. Somit gab es keine Probleme mehr. Die Stimmung hellte sich sichtlich auf. Die Wochen und Monate vergingen. Nichts Wesentliches ereignete sich. Auch die Androiden funktionierten einwandfrei. Sie verrichteten ohne Ausfälle ihre Arbeit.

15.
Zwei Lichtjahre vor dem System Beta Centauri stoppte die Aminata. Die drei blauen Riesensterne strahlten selbst aus dieser Entfernung noch erheblich. Die zusätzliche

Panzerung schützte aber zuverlässig. Selbst in der Nähe bis zu einer halben Astronomischen Einheit bietet die neue Panzerung ausreichend Schutz vor der harten Strahlung. Und das Warpfeld schützte vor der gigantischen Gravitation.

Die Crew saß nun komplett auf der Brücke. Ab sofort wollte man auch ein anderes Schichtsystem einführen. Die erste Schicht übernahmen Corinna, Fred, Henry und Luna. Die zweite Schicht war Samantha, John, Saydala, Moema und Otekah. Aber bis zur ersten Analyse blieben alle noch zusammen auf der Brücke.

Samantha kam ins Schwärmen: „Ist das nicht ein fantastisches Bild, drei so große blaue Giganten aus der Nähe zu betrachten?"

Corinna nickte und sprach: „Wir sind die ersten Menschen, welche so etwas sehen!"

Otekah sagte: „Wenn wir noch näher heran fliegen, wird ihr Licht alles überstrahlen."

Corinna drehte sich zu Samantha: „Sam, scanne jetzt diese Tachyonenspur."

Samantha sah auf ihre Instrumente: „Sie endet genau im Brennpunkt zwischen Beta Centauri A1 und A2!"

„Zeige es bitte auf dem Schirm mit doppelter Vergrößerung!" befahl Corinna.

Auf dem Bildschirm sah man die beiden Giganten. Die Tachyonenspur wurde als grüne Linie dargestellt. Durch das gleißende Licht sah man das Ende der Spur nicht genau.

Corinna befahl weiter: „Weiter vergrößern und verdunkeln!"

Samantha verdunkelte das Bild soweit, dass man das Ende der Spur genau bestimmen konnte. Dabei zeigte sich etwas sehr Überraschendes. Genau an der Stelle war ein kleiner Punkt zu sehen, welcher leicht flimmerte.

Corinna fragte: „Was ist das?"

Samantha antwortete ihr: „Ich kann nichts feststellen."

Corinna stand auf und fragte: „Nichts? Und Infrarot?"

Samantha schüttelte den Kopf: „Nichts, gar nichts."

Auch Otekah meinte: „Ich kann auch nichts feststellen. Keine weitere Strahlung. Nur die schwache elektromagnetische Strahlung im sichtbaren Licht. Keine langwellige Strahlung, keine kurzwellige Strahlung, keine Neutrinos, keine Partikelstrahlung, einfach gar nichts weiter."

„Wie groß ist die Lichtquelle?" wollte Henry wissen.

„Etwa 500 Meter im Durchmesser." antwortete Samantha.

Corinna sprach: „Wir sehen eine leuchtende Quelle, welche keine weitere Strahlung emittiert. Diese Lichtquelle ist nur 500 Meter groß. Sehr ungewöhnlich. Eigentlich unmöglich."

Moema meinte: „Was auch schon fast unmöglich ist, dass die Tachyonenspur so ganz ohne Streuung genau in diese Lichtquelle hinführt. Ganz Präzise über hunderte Lichtjahre mitten ins Ziel. Unglaublich."

„Aber wo ist unser verschollenes Schiff?" fragte Luna.

„Dazu sind wir zu weit weg. Die blauen Riesen verhindern, dass wir unser Schiff erfassen könnten. Wenn es sich überhaupt in diesem System befindet." sprach Samantha.

Otekah war schon verzweifelt: „Sie müssen hier sein. Die Tachyonenspur ist unser einziger Hinweis!"

Corinna überlegte kurz und sprach: „Moema, mach bitte eine Sonde fertig. Wir müssen näher heran."

Moema schickte den Androiden Mac zum Sondenhangar. Fünf Minuten später flog eine Sonde ins Innere des Sonnensystems. Diese Mission war auf mehrere Stunden angesetzt. Es sollte sehr umfangreiche Messungen und Scans durchgeführt werden. Anschließend werden dann die Daten genauestens analysiert. So war der Plan. Corinna schickte nun die zweite Schicht zur wohlverdienten Pause. Es gab erst Protest. Niemand wollte etwas verpassen. Aber Corinna war unnachgiebig. Die Crew musste ausgeschlafen sein.

Die Sonde näherte sich der ungewöhnlichen Lichtquelle. Auf den Instrumenten war nach wie vor nichts zu sehen. Alle Sonden und Raumschiffe waren mit künstlichen Gravitationsfeldern, welche mit dem Warpfeld gekoppelt waren, ausgerüstet als Schutzschilder. So konnten sie der ungeheuren Gravitation solcher Riesensterne trotzen. Die Warpfelder dienten auch als Schutz vor der gewaltigen Strahlung. Trotzdem war es ein waghalsiges Unterfangen. Die Computer berechneten einen Kurs, welcher genauestens eingehalten werden muss. Sonst kann es passieren, dass eine Sonde oder das Raumschiff verloren geht. Die kleine Sonde war nur noch zwei Kilometer von der Lichtquelle entfernt. Unablässig schickte sie Daten zur Aminata. Die Strahlungsintensität der blauen Riesensterne war enorm. Ohne die

Schutzschilder wäre die Sonde schon längst verglüht.

Corinna sah sich die Daten an. Dann stand sie auf und ging nachdenklich hin und her: „Ich verstehe das nicht. Alle Daten, welche wir haben sind Strahlungswerte der blauen Riesen. Von der Lichtquelle geht nach wie vor nichts aus. Da strahlt ja eine Taschenlampe mehr."

Fred nickte: „Stimmt. Eine schwache elektromagnetische Strahlung im sichtbaren Licht. Das war's."

Corinna rief nun: „Henry, steure die Sonde mal um die Quelle herum. Mal sehen, wie sie von der anderen Seite aussieht."

Henry nickte: „Okay:"

Die Sonde flog nun in einem größeren Bogen um die Lichtquelle herum. Dabei verschob sich das Aussehen zu einer immer schmaler werdenden Sichel.

Corinna rief: „Das gibt es doch nicht. Dieses Ding scheint sehr schmal zu sein."

Die Sichel wurde immer schmaler und für einen Moment war sie ganz verschwunden und tauchte umgekehrt wieder auf. Corinna, Fred, Henry und Luna schauten verdutzt auf die Instrumente. Es gab keinen Zweifel.

„Wie dick ist dieses, dieses Ding da?" wollte Fred
wissen.

Henry antwortete: „Wenn die Instrumente
stimmen, dann ist es... Moment, ich überprüfe
das noch einmal. Das, das kann nicht stimmen.
Das Ding ist nur ein paar Nanometer dick." Henry
drehte sich zu Corinna um.

Corinna schaute Henry an. Dann sah sie wieder
auf den Bildschirm und sprach: „Flieg auf der
anderen Seite zurück!"

Henry leitete die Sonde auf der andern Seite
zurück. Sie sahen nun das gleiche, nur
umgekehrt. Die Lichtquelle wurde zur Sichel,
verschwand für einen winzigen Moment, wurde
wieder zur Sichel und war wieder in voller Größe
zu sehen.

Fred fragte erstaunt: „Was zum Teufel ist das für
ein Ding?"

Luna hatte bisher schweigend beobachtet. Sie
zeigte auf die Daten und sagte: „Es strahlt jetzt
eigenartig. Als ob dort die Hintergrundstrahlung
eine andere Temperatur hat. Man kann auch
keine Strukturen erkennen. Einfach unglaublich."

Corinna sah sich ebenfalls die Daten an. Dann
befahl sie: „Henry, flieg näher heran. Aber schön
langsam."

Ganz langsam näherte sich die Sonde dem Objekt. Es nahm jetzt schon den gesamten Bildschirm ein. Es war aber nichts zu sehen, außer einer eigenartigen Hintergrundstrahlung. Immer näher flog die Sonde. Aber es tat sich nichts.

Corinna sah gespannt auf den Monitor und sprach: „Henry, flieg bis auf zehn Meter heran. Aber wirklich nur noch mit fünf Km/h."

Mit äußerster Vorsicht manövrierte Henry die Sonde an das Objekt heran. Die Scanner zeigten immer noch nichts an.

„Laut Scanner bin ich zwar jetzt bei zehn Meter Entfernung. Aber, da ich hier keine Anzeigen habe, kann ich selbst das nicht mit absoluter Gewissheit sagen." sagte jetzt Henry.

Corinna nickte und sprach: „Gut, dann noch näher heran."

Die Sonde flog nun noch weiter auf dieses Objekt zu. Plötzlich wurde der Bildschirm dunkel. Es war nichts mehr zu sehen.

„Was ist passiert?" rief Corinna.

Henry schüttelte den Kopf: „Ich weiß nicht. Die Sonde ist weg."

„Wie jetzt? Wo ist sie hin? Ein Wurmloch?" fragte Corinna etwas aufgeregt.

Henry erwiderte: „Ich weiß es wirklich nicht. Sie ist einfach verschwunden!"

Fred rief: „Sie kann doch nicht einfach verschwinden!"

Corinna ging zu Henry: „Sind irgendwelche Trümmer zu sehen?"

Henry schüttelte abermals den Kopf: „Nein. Nichts!"

Corinna setzte sich wieder hin und schaute wieder zum Bildschirm: „Hm. Merkwürdig. Hat das eigenartige Ding sie verschluckt?"

Henry hob die Schultern: „Hm. Keine Ahnung!"

Luna meinte: „Die Sonde können wir wohl abschreiben."

Corinna sah Luna an und nickte kurz: „Sieht so aus."

Corinna stand wieder auf und ging zu Henry sein Pult. Plötzlich war auf dem Bildschirm wieder was zu sehen. Es tauchte das Sternenfirmament auf und es war ein blauer Riesenstern zu sehen.

„Was ist jetzt?" fragte Corinna erstaunt.

Henry sah auf sein Pult und sprach: „Die Sonde ist wieder da. Dieser blaue Riese ist Beta Centauri B."

Die Sonde war plötzlich wieder da und bewegte sich mit sehr geringer Geschwindigkeit von dem schwach schimmernden Objekt weg.

Corinna lief immer noch hin und her. Dann ging sie wieder zu Henry: „Henry, schalte bitte die Kamera der Sonde auf Achtern!"

Nun sahen sie wieder das silbrig flimmernde Objekt auf dem Bildschirm.

„Merkwürdig, sehr merkwürdig. Henry, hol die Sonde zurück. Wir werden hier die Daten auswerten!" sprach Corinna.

„Eye, eye Käpt'n!"

Nach einer Stunde war die Sonde wieder an Bord. Inzwischen hatte Samantha die Schicht übernommen. Sie hatte von Corinna die Aufgabe bekommen, alle Daten der Sonde auszuwerten. Samantha und Moema machten sich sofort an die Arbeit. Vor allem die Videoaufnahmen und die Strahlungswerte interessierten sie. Was war in der kurzen Zeit, als die Sonde verschwand, passiert? Die Lichtquelle hatte sich augenscheinlich in keiner Weise verändert. Bei der Sichtung des Videomaterials kam dann auch etwas sehr Merkwürdiges zum Vorschein. Samantha und Moema schauten sich dieses Material mehrere Male an. Auch bei den Strahlungswerten machten sie eine Entdeckung. Als Corinna zum Dienstantritt erschien, setzten sich Corinna, Luna, Samantha und Moema im

Versammlungsraum zusammen. Fred übernahm unterdessen das Kommando auf der Brücke.

Corinna fragte schon etwas aufgeregt: „Also, was habt ihr herausgefunden?"

„Eigenartiges. Wir können uns einiges nicht erklären!" antwortete Samantha.

Corinna konnte sich kaum noch halten: „Mach es nicht so spannend!"

Samantha holte tief Luft und sprach: „Also, bis zur Lichtquelle konnten wir nichts Außergewöhnliches feststellen. Alle Werte waren normal. Ihr konntet das auf den Bildschirm und den Messgeräten ja auch verfolgen. Die Sonde näherte sich immer mehr diesem ominösen Lichtobjekt. Und nun schaut euch das Videomaterial genau an!"

Sie sahen, wie das schimmernde, flimmernde Objekt nun den ganzen Bildschirm einnahm. Plötzlich, als die Sonde theoretisch nur noch wenige Millimeter von dem Objekt entfernt war, wurde der Bildschirm schwarz. Aber im Gegensatz zu dem, was die Crew der Aminata bei der Live-Übertragung sah, sah man jetzt einzelne wenige Sterne. Aber es waren keine bekannten Sterne. Die Scans zeigten keine Übereinstimmung mit bekannten Sternenbildern oder Sternenformationen. Auch die blauen

Riesensterne von Beta Centauri waren nicht zu erkennen. Die Messdaten ergaben sehr Ungewöhnliches.

„Wo befindet sich die Sonde?“ fragte Corinna.

Samantha hob die Hände und sagte: „Wir wissen es nicht. Sie befindet sich auf keinen Fall in unserer Milchstraße. Aber...“

Luna unterbrach Samantha: „Aber wo dann?“

Samantha sprach ruhig: „Langsam. Eins nach dem Anderen. Schaut euch mal die Strahlungswerte an!“

Corinna schaute aufmerksam auf den Bildschirm: „Auf den ersten Blick sehe ich nichts Besonderes. Die mysteriöse Tachyonenspur führt einfach ungestört weiter. Die blauen Riesen sind nicht da. Dafür sind hier zwei Neutronensterne und ein Roter Riese. Sehr ungewöhnlich. Alles weitere sieht normal aus. Die Sternendichte ist allerdings sehr, sehr gering. Nur, Moment mal..... Die kosmische Hintergrundstrahlung zeigt einen ganz anderen Wert. Wie das?“

Moema nickte: „Genau. Wir haben das mehrmals geprüft. Die Temperatur beträgt nur 1,925 Kelvin!“

Corinna schaute Moema an und sagte: „Die Geräte müssen einen Defekt haben. Oder irgendeine andere Strahlungsquelle verzerrt die

Hintergrundstrahlung! Sie müsste 2,725 Kelvin betragen!"

Samantha wehrte ab: „Nein, die Geräte arbeiten normal. Eine Verzerrung kommt nicht in Frage. Die kosmische Hintergrundstrahlung ist schließlich allumfassend. Wir haben es mehrmals überprüft. Egal wohin wir die Scanner richteten. Der Wert blieb immer gleich. Das muss er schließlich auch!"

Corinna konnte es immer noch nicht glauben: „Das kann gar nicht sein. Sollte die Hintergrundstrahlung wirklich nur 1,925 Kelvin betragen, über welchen Zeitraum sprechen wir da?"

Samantha sagte immer noch ruhig: „Bei der gegenwärtigen Expansion des Universums? Ganz schwer zu sagen, aber mindestens einhundert bis zweihundert Milliarden Jahre, wahrscheinlich sogar mehr."

Corinna winkte ab: „Unmöglich!"

Luna schaute ebenso ungläubig: „Was ist das für ein Ding? Ein Wurmloch?"

Samantha schüttelte den Kopf: „Nein. Auf keinen Fall. Ich habe keine Ahnung, was das Ding darstellt!"

„War die Sonde hunderte Milliarden Jahre in der Zukunft? Einen solchen Zeitsprung halte ich für nicht möglich. Wir hatten schon Zeitsprünge. Aber nicht in solchen Dimensionen." sprach Corinna.

Luna nickte: „Stimmt. Ich bin der beste Beweis. Ich komme schließlich aus der Zukunft. Ich lebe schließlich in meiner Vergangenheit."

Corinna nickte ebenfalls: „Stimmt. Aber dieser Zeitsprung war ein paar hundert Jahre. Aber hunderte Milliarden Jahre? Das würde die gesamte Physik auf den Kopf stellen!"

Samantha sagte gedehnt: „Tjaaa, es gibt noch eine andere Erklärung. Sie ist allerdings nicht weniger utopisch."

Corinna schaute Samantha an und fragte: „Und das wäre?"

„Schon seit einigen hundert Jahren sprechen Physiker von der Möglichkeit, dass wir nicht in einem Universum leben, sondern in einem Multiversum. Das würde die ungewöhnlichen Werte auch erklären." erklärte Samantha.

„Waas? Multiversum? Du meinst eine Parallelwelt?" rief Corinna.

Samantha nickte: „Genau das meine ich."

Luna schüttelte den Kopf: „Unmöglich!"

„Warum unmöglich? Schon im zwanzigsten Jahrhundert sprachen Kosmologen von einer solchen Möglichkeit! Selbst in der Antike gab es schon solche Überlegungen." sprach nun auch Moema.

„Und die flimmernde Scheibe wäre dann der Übergang zwischen den Universen?" fragte Corinna.

„Genau. So eine Art Pforte." stimmte Samantha zu.

Corinna überlegte und sprach immer noch zweifelnd: „Das ist einfach unglaublich. Beide Möglichkeiten. Ein Zeitsprung von hundert Milliarden Jahren oder eine
Parallelwelt. Wir müssen nun genau unsere nächsten Schritte überlegen."

16.

Die Aminata lag immer noch weit außerhalb vom System Beta Centauri. Es war schon ein gigantischer Anblick, diese drei blauen Riesensterne zu sehen. Nie zuvor waren Menschen in einem solchen System. Hier erblickten sie aber ein Phänomen, welches so unmöglich schien, dass man es kaum glauben konnte. Corinna schickte einen Zwischenbericht zur Erde. Aber selbst mit einem Tachyonenstrahl als Träger dauert es mehrere Wochen, bis die

Nachricht auf der Erde ankommt. Anschließend setzten sich Corinna, Samantha, Otekah und Moema zusammen, um die weiteren Schritte zu beraten.

Corinna begann: „Fassen wir mal kurz zusammen: Wir haben vor uns ein Ding, welches eine Pforte sein könnte in eine andere Welt oder andere Zeit. Bei der zweiten Möglichkeit allerdings wäre das erst in vielen Milliarden Jahren. Die fremde Tachyonenspur führt auf der anderen Seite dieser Pforte einfach so weiter. Wir können also vermuten, dass unsere verschollenen Kameradinnen und Kameraden auch durch diese Pforte gebracht wurden. Wenn das so ist, müssen wir auf der Suche nach ihnen ebenfalls durch diese Pforte fliegen. Habe ich was vergessen?"

„Nein. Im Groben ist dies so." sagte Samantha.

„Ich überlege mir gerade, warum gehen wir von einer anderen Welt oder anderen Zeit aus? Vielleicht stimmt beides?" fragte Otekah.

Corinna sah Otekah an: „Wie meinst du das?"

Otekah erklärte: „Naja, auf der anderen Seite könnte sich ein anderes Universum befinden, welches älter ist als unseres. Auf unserer Seite sind drei blaue Riesen mit ihrer Gravitation und auf der anderen Seite zwei Neutronensterne und ein Roter Riese mit enormen Gravitationen. Wo das zusammentrifft gibt es vielleicht solche Übergänge. Wer sagt denn, dass in einem Multiversum alle Universen immer zum gleichen Zeitpunkt entstehen? Und wer sagt, dass es nur zwei Universen gibt? Es könnten auch wieder unendlich viele sein. Unser Urknall war dann nur einer von vielen."

Moema meinte nur: „Das ist aber eine kühne Theorie!"

Samantha schaute in die Runde und sprach: „Otekah kann Recht haben. Gigantische schwarze Löcher könnten für die Materie auch Übergänge zu anderen Universen darstellen. Kleinere schwarze Löcher bilden mit weißen Löchern eine Einheit. Es gibt Wurmlöcher, durch welche man durch Zeit und Raum reisen kann. Solche Phänomene sind im Weltall sehr vielfältig vorhanden. Warum also nicht auch Parallelwelten und Pforten zwischen diesen? Und die Tatsache, dass wir völlig fremde DNA und völlig andere Tachyonen gefunden haben, könnte ein Indiz für eine Parallelwelt sein. Es kann auch Unterschiede zwischen den einzelnen Parallelwelten geben."

Moema nickte: „Allerdings glaube ich nicht, dass eine Parallelwelt ein Spiegelbild unseres

Universums darstellt. Das ist mir zu viel Science-
Fiction."

„Das glaube ich auch nicht. Aber unsere
Diskussion hilft uns jetzt auch nicht weiter. Was
machen wir nun als Nächstes? Fliegen wir in
diese andere Welt? Ich denke, dass uns gar nicht
anders übrig bleibt, um unsere Vermissten zu
finden." sprach Corinna.

Samantha stimmte dem zu: „Ich bin der gleichen
Meinung. Wir sollten dort hineinfliegen."

Otekah nickte ebenfalls: „Das denke ich auch.
Wir sollten die fremden Tachyonen untersuchen.
Sie scheinen unverändert die schimmernde
Pforte durchqueren zu können. Vielleicht
könnten wir sie als Datenübertragung nutzen.
Unsere Sonde flog durch und war dann für
unsere Scanner verschwunden. Die
Kommunikation brach ab. Ein Warpfeld könnte
uns schützen. Aber ich frage mich, warum ist
solch ein Übergang gerade hier?"

„Drei blaue Hyperriesen erzeugen eine
gigantische Energie. Solch eine Konstellation gibt
es nicht oft. Die Pforte, oder was auch immer, ist
genau im Brennpunkt dieser drei Giganten."
sagte Samantha.

Corinna sah zuerst zu Otekah und dann zu
Moema und Samantha: „Stimmt. Gute Idee.

Moema, Samantha, ihr zwei setzt euch an die Entwicklung eines technischen Gerätes für die Nutzung der neuen Tachyonen zur Kommunikation. Vielleicht kann man unsere jetzigen Geräte modifizieren. Da wir die Struktur dieser Tachyonen kennen, wird es vielleicht möglich sein. Saydala, Henry, Fred und John werden den Dienst auf der Brücke versehen. Luna und ich werden unsere gegenwärtigen Systeme noch einmal genau durchchecken. Ebenso unsere Vorräte. Wir wissen nicht, was uns auf der anderen Seite erwartet. In zehn Stunden ist dann für alle außer mir und Fred Schluss. Wir übernehmen dann die Wache zusammen mit dem Androiden Robbie."

Die vier Frauen standen auf und verließen den Raum. Jede ging an ihre Arbeit. Die Aufgaben waren verteilt, jeder wusste, was zu tun ist.

Saydala, Henry und der Androide Mac hatten Dienst auf der Brücke. Mac war der beste Android. Er überwachte die flimmernde Pforte, Henry die technischen Systeme der Aminata, Saydala überwachte das System Beta Centauri.

Henry fragte: „Glaubst du, dass wir es schaffen?"

„Was meinst du?" antwortete Saydala mit fester Stimme.

„Ich meine, dass wir unsere Leute finden?" fragte Henry weiter.

Saydala nickte: „Ich glaub es. Ich hoffe es sehr! Gabriel fehlt mir."

Henry schaute Saydala an und sagte: „Versteh mich nicht falsch. Ich vermisse Tallulah auch. Unsere Beziehung ist zwar nicht so fest, aber wir sind sehr oft zusammen. Wenn wir gemeinsam bei einer Mission sind, nehmen wir uns immer ein gemeinsames Quartier. Eine dauerhafte feste Beziehung wollen wir aber beide nicht. Manchmal begleitet uns auch ihre Freundin Meggy. Sie wohnt dann auch bei uns. Sie ist ebenfalls Geologin."

„Du lebst dann mit zwei Frauen in einem Quartier?" fragte Saydala erstaunt.

Henry nickte: „Ja. Das ist heutzutage gar nicht so selten. Es gibt auch Beziehungen zwischen einer Frau und mehreren Männern. So, wie es halt jeder mag."

Saydala holte tief Luft und sprach: „Ich muss noch viel über die Menschen lernen."

Henry erklärte weiter: „Unsere Gesellschaft hat sich in den letzten Jahrhunderten sehr verändert. Früher gab es meistens die klassische Ehe zwischen einem Mann und einer Frau. Andere Gesellschaften hatten die Ehe zwischen einem

Mann und mehreren Frauen. Später gab es dann auch eine breite Akzeptanz für gleichgeschlechtliche Ehen. Nun, da die ökonomischen Verhältnisse auf der Erde sich auch grundsätzlich verändert haben, gibt es diese klassische Ehe nicht mehr. Manche heiraten zwar noch, aber das hat nur noch symbolischen Charakter. Manche Beziehungen halten lange, manche nicht. Jeder ebenso, wie er oder sie es mag."

„Gabriel und ich wollen unser ganzes Leben zusammen bleiben. Wir lieben uns." sagte Saydala.

Henry sprach weiter: „Das ist schön für euch. Verstehe mich nicht falsch. Ich vermisse Tallulah auch. Vor unserer Mission war ich mit Meggy zusammen in Alaska auf einer Expedition im Denali-Nationalpark. Wir haben uns natürlich ein gemeinsames Zelt genommen. Auch ihre Kollegin Grit Johnsdottir war bei uns. Sie ist eine Geologin aus Island. Das heißt nicht, dass ich Tallulah nicht mehr liebe. Auch Meggy liebt Tallulah. Sie mag aber auch Peter, einem Geophysiker aus Deutschland. Mit ihm ist sie jetzt in der Eifel. Dort untersuchen sie schlummernde Vulkane. Wie ist das denn in deiner Heimat?"

Saydala sah nun etwas traurig aus: „Darüber
weiß ich nichts. Ich kenne noch nicht mal meinen
Heimatplaneten. Ich war noch ein Kind, als ich
versklavt wurde. Mein Vater lebte mit mir allein.
Er hatte mich dann an die Devillaner verkauft,
um seine Steuerschulden zu begleichen.
Zumindest hat man mir das so erzählt. Ich war
dann von Kindheit an bis zu meiner Befreiung
Vergnügungssklavin auf einer
Vergnügungsstation auf dem Planeten Do4 der
Devillaner. Gabriel hat mich zusammen mit
Corinna und Samantha befreit.“
„Da hast du ganz schön viel durchgemacht.“
meinte Henry.
Saydala nickte: „Ja, das habe ich. Ich hoffe sehr,
dass ich Gabriel wiedersehe.“
Henry sah Saydala an und sagte: „Das wird nicht
einfach. Wenn wir in das fremde Universum,
oder was auch immer, fliegen, kann es sehr
gefährlich werden. Wer weiß, was uns dort
erwartet. Alles kann dort anders sein. Selbst die
physikalischen und chemischen Verhältnisse
können anders sein. Das ganze kann ein
Höllentrip werden. Und ob unsere Leute noch
leben, können wir auch nicht sagen.“

Saydala sprach mit fester Stimme: „Ich glaube, dass sie noch leben. Ich gebe die Hoffnung nicht auf."

Henry hob die Hände: „Entschuldige. Ich will dir die Hoffnung auch nicht nehmen. Aber es wird nicht leicht. Wir werden viel Glück brauchen, wenn wir jemals wieder heimkommen wollen."

Nach zwei Tagen war man dann soweit. Alle technischen Geräte waren überprüft. Die Wasservorräte wurden aufgefrischt, indem die Crew sich Wasser von einem Kometen in Form von Eis holte. Das Wasser wurde gereinigt und aufbereitet. Die Cloninganlagen hatten genügen Nährflüssigkeit zum Clonen von Nahrungsmittel. Samantha und Otekah hatten eine Sonde entwickelt, mit deren Hilfe man die neuartigen Tachyonen zur Kommunikation nutzen konnte. Diese Sonde sollte auf dieser Seite dieser schimmernden flimmernden Pforte stationiert werden. Mit ihrer Hilfe sollte es möglich sein, im Notfall Kontakt mit der Erde aufzunehmen. Auch wenn es Monate dauern konnte, bis Hilfe eintraf.

17.

Nun saßen sie wieder alle auf der Brücke. Nur Saydala und Henry fehlten. Sie hatten ihre wohlverdiente Ruhepause.

Die Triebwerke wurden gestartet. Langsam näherte sich die Aminata der Pforte. Diese nahm nun schon den gesamten Bildschirm ein. Nichts, außer diesem Schimmern, war zu erkennen. Keine Geräusche nahmen die Instrumente mehr war. Das Hintergrundrauschen war ebenfalls fast verstummt. Samantha steuerte die Aminata sehr, sehr langsam vorwärts. Nur noch wenige Meter trennte die Aminata von der schimmernden Wand. Nur noch wenige Sekunden und die Aminata würde diese unheimliche flimmernde Pforte berühren. Nun durchdrang die vordere Antenne die Pforte. Noch immer nahmen die Kameras nichts weiter auf. Nur ein schwaches Geräusch war zu hören. Immer weiter, aber immer noch sehr langsam, flog die Aminata hindurch. Nun war das vorderste Modul, in welchem sich die Brücke befand direkt an der Pforte. Die wenigen Sekunden kamen der Crew wie Minuten vor. Es lag eine ungeheure Spannung vor. Totenstille herrschte auf der Brücke. Jeder Atemzug und jeder Herzschlag war ohrenbetäubend.

Samantha schrie förmlich: „Jetzt!"

Es gab einen schwachen Blitz und plötzlich sah die Crew die zwei Neutronensterne und den Roten Riesen. Die gravitativen Verhältnisse waren enorm, aber das Warpfeld schützte zuverlässig. Ansonsten sahen sie nur noch einen schwarzen Hintergrund und ein paar wenige Sterne. Nach nur zehn Sekunden war die Aminata komplett durch. Der gesamte Vorgang dauerte nur zwanzig Sekunden. Es kam allen wie zwanzig Minuten vor. Die Instrumente registrierten das Hintergrundrauschen. Sie vernahmen nun auch deutlich das schwache Geräusch. Es kam von überall. Es war ein deutliches Hintergrundrauschen. Die Strahlung hatte eine Temperatur von 1,925 Kelvin.

Corinna rief: „Otekah, bitte die Kamera mit Blick achtern!"

Hinter der Aminata war jetzt die gleiche flimmernde dunkle Wand. Sie nahm aber immer noch den ganzen Bildschirm mit Blick achtern ein.

Corinna stand auf und rief: „John, irgendwas auf den Scannern?"

John schüttelte den Kopf: „Nein. Nur das, was wir sehen. Und natürlich diese Tachyonenspur."

Corinna ging nun auf und ab. Man merkte ihr deutlich die Anspannung an: „Otekah, den Blick wieder nach vorn!"

Fred meinte mit dem Blick auf den Bildschirm: „Sind aber wenige Sterne. Wir müssen in einer sehr, sehr sternenarmen Gegend sein!"

John betrachtete die astronomischen Daten: „Sie ist nicht nur sternenarm, sondern auch ohne Galaxien. Ich kann keine mit den optischen Scannern ausmachen. Und die Sterne haben zueinander Abstände von 60 bis 100 Lichtjahren. Trotzdem gibt es hier eine sehr starke Gravitation. Eigenartig."

Corinna stand nun neben Samantha: „Sam, folge der Spur und bring uns in einen Abstand zur Pforte von einer astronomischen Einheit. Ein Drittel Lichtgeschwindigkeit!"

Nach knapp einer halben Stunde war die Aminata eine astronomische Einheit von der Pforte entfernt. Der Anblick dort war wirklich ziemlich ungewöhnlich. Es waren kaum Sterne zu sehen. Und die man sah, waren allein. Es gab keine Galaxien, keine offenen oder Kugelsternhaufen.

Corinna setzte sich wieder und bemerkte kurz: „Sehr merkwürdig."

Fred sprach ebenso erstaunt: „Wo mögen wir uns nun befinden?“

John sagte: „Merkwürdig ist auch, dass die Sterne so gleich sind.“

„Wie meinst du das?“ fragte Samantha.

John zeigte auf die Daten: „Naja, es gibt kaum Unterschiede. Ich registriere keine gelben oder weißen Sterne. Es gibt auch keine Riesensterne. Alle Sterne sind rote oder gar braune Zwerge.“

Corinna drehte sich zu John: „John, kannst du das Ende der Tachyonenspur ausmachen?“

John nickte: „Ja. Sie endet bei einem roten Zwerg mit einem Planetensystem. Es gibt dort vier Planeten. Die äußersten zwei Planeten sind Gasriesen in der Größe von Uranus und Saturn, die zwei inneren Planeten sind Gesteinsplaneten. Der innerste ist fast so groß wie unsere Erde, also circa zehntausend Kilometer im Durchmesser. Der zweite Planet ist so groß wie der Mars. Alle Planeten haben Monde. Der innerste Planet befindet sich in der habitablen Zone und hat eine Atmosphäre, welche auf jeden Fall Stickstoff und Sauerstoff enthält.“

Otekah meinte: „Das hört sich nach Leben an!“

„Ja, genau. Freier Sauerstoff bedeutet organisches Leben.“ erklärte Luna.

„Wie ist die Entfernung zu diesem Stern?" wollte
Corinna wissen.

„Acht Lichtjahre." antwortete John.

Samantha meinte: „Wir könnten in ein paar
Tagen dort sein."

Corinna nickte: „Okay. Also los. Sam, berechne
einen Kurs."

Samantha straffte sich und sagte: „Ich bin so
weit."

„Dann. Kurs roter Zwerg, Höchstgeschwindigkeit.
Ein Lichtjahr vor dem Ziel halten wir." befahl
Corinna.

Die Aminata flog nun mit Warpgeschwindigkeit
zu dem roten Zwerg. Corinna teilte die Crew
wieder in das alte Schichtsystem ein. Der Flug
war nicht sehr ereignisreich. Die Crew ging ihn
mit einer gewissen Routine aber auch mit
Spannung an. Was man immer noch nicht
verstehen konnte, war die unglaubliche Leere
des Raumes. In der heimischen Milchstraße
wimmelte es nur so von Sternen, Nebeln,
Kometen und Meteoriten. Selbst zwischen den
großen Galaxien sah man Unmengen von
kleineren Galaxien. Aber hier war alles anders.
Einen Tag vor dem Erreichen des Zieles stellte
John etwas Merkwürdiges fest: „Irgendetwas
stört laufend unser Warpfeld. Ich muss es jeden

Tag neu justieren. Uns erreichen ständig stärkere Gravitationswellen."

„Hast du Koordinaten?" fragte Samantha.

John nickte: „Ja. Die Quelle muss in etwa zwei Millionen Lichtjahren Entfernung liegen und sie muss gigantisch sein." John schaute auf seine Instrumente.

„Was heißt gigantisch?" wollte Samantha wissen.

John sah sich die Daten noch einmal an und antwortete: „Größer und stärker als ein schwarzes Loch in einer Galaxie bei uns. Ganz genaues kann ich noch nicht sagen. Nur so viel, dass die Quelle so groß sein muss wie Millionen von supermassiven schwarzen Löchern zusammen oder noch mehr. „

Samantha schaute mit hochgezogenen Augenbrauen zu John: „Millionen?"

John nickte: „Ja, Millionen oder gar Milliarden!"

Samantha fragte: „Weißt du, was das heißt?"

John nickte erneut: „Das könnte bedeuten, dass hier alles zusammenfällt. Es könnte ein großer Kollaps werden!"

Samantha holte tief Luft und sprach: „Sammle alle Daten. Ich spreche nachher mit Corinna. Wir müssen versuchen, mit der Erde Kontakt aufzunehmen."

Saydala schaute von einem zum anderen: „Redet ihr über einen Big Crunch?"

Samantha nickte: „Genau darüber reden wir."

Saydala schaute ungläubig zu Samantha und meinte nur kurz: „Unglaublich!"

Beim nächsten Schichtwechsel sprachen Samantha und John mit Corinna und Otekah. Natürlich waren die beiden sehr überrascht von den Vermutungen. Aber die Ergebnisse ergaben eigentlich keinen anderen Sinn. Moema bekam den Auftrag, alle Daten noch einmal zu überprüfen.

Nach einer Stunde kam Moema mit den Ergebnissen ihrer Prüfung: „Also. Ich habe alles mehrfach überprüft. John hat Recht. Alle Daten lassen keinen anderen Schluss zu. Alle Sterne hier, welche wir registrieren, kreisen mehr oder weniger schnell um dieses gigantische schwarze Loch. Wir können davon ausgehen, dass wir wirklich in einem anderen Universum sind. Diese Theorie scheint sich hier zu bestätigen. Jedes Universum wird durch einen Urknall geboren und fällt durch einen Kollaps wieder in sich zusammen, um wieder ein Urknall zu werden. Und das geschieht vielfach. Nicht jedes Universum wird gleich alt. Kommt immer auf die Energiemenge und Partikelverteilung an.

Manche werden nur Sekunden alt und fallen wieder zusammen. Unser Universum ist 13,8 Milliarden Jahre alt und expandiert immer weiter. Wie lange das andauert, ist nicht genau berechenbar. Wir kennen immer noch nicht alle Faktoren. Die flimmernde Pforte, wie wir sie nennen, ist ein Punkt, an dem sich Universen berühren. Wie wir gesehen haben, ist es gar nicht mal so spektakulär.“

Corinna fragte: „Wann könnte der Kollaps hier enden?“

Moema winkte kurz ab: „Das dauert noch mindestens 100 Millionen Jahre. Für ein Universum natürlich ein ziemlich kurzer Zeitraum. Das schwarze Loch hat aber alle übrig gebliebenen Sterne fest im Griff. Es scheinen nur noch ein paar Millionen zu sein. Die große Masse der Sterne und ihrer Begleiter ist schon geschluckt. Im Moment scheint gerade keine Materie in das schwarze Loch zu stürzen. Das würden wir sehen können. Aber es dürfte nicht sehr lange dauern, bis ein Stern den Ereignishorizont erreicht. Dann kann man auch wieder die ganze Bandbreite der Strahlung messen.“

Samantha schüttelte den Kopf: „Einfach unglaublich!“

Corinna überlegte kurz und sprach dann an
Samantha gewandt: „Gut. Sende alle Daten zur
Erde. Die Verbindung steht. Ich habe dort schon
einmal kurz angedeutet, was sie zu erwarten
haben. Es ist erstaunlich, wie leicht wir von
einem zum anderen Universum kommen können
und dass auch die Verbindung überhaupt gelingt.
Man müsste eigentlich davon ausgehen, dass
sich dort gewaltige Energieentladungen
abspielen. Aber nichts dergleichen. Ebenso sind
auf dieser Seite der Pforte keine Riesensterne.
Warum, wissen wir nicht.“

Moema sah Corinna an und sprach: „Wir wissen
im Moment nur, dass es dieses Universum und
unseres gibt. Und selbst das ist noch eine
gewagte Hypothese. Wie viele Universen es noch
gibt, lässt sich noch nicht einmal abschätzen.
Vielleicht gibt es auch nur diese zwei. Vielleicht
gibt es auch unendlich viele. Und in diesem
Universum scheinen auch die gleichen
Naturgesetze zu gelten. Das muss auch nicht
überall sein. Wir können auch nicht sagen,
welche Auswirkungen der Kollaps hier auf unser
Universum hat. Und dieses Universum hier, wird
von Anfang an nicht so gewaltig gewesen sein,
wie unseres. Wahrscheinlich war die

Sternendichte geringer. Aber auch dies ist ungewiss."

„Oder das Meiste ist schon verschluckt. Und dies hier sind die Überreste." vermutete Samantha.

Corinna meinte nur: „Fragen über Fragen. Das können wir allerdings hier mit unseren bescheidenen Mitteln nicht lösen. Dazu ist jahrelange oder gar Jahrzehnte lange Forschung nötig. Konzentrieren wir uns nun auf die Suche nach unseren Vermissten!"

Samantha nickte: „Gut. Alle Klarheiten beseitigt. Keiner weiß Bescheid. In vier Tagen sind wir bei dem roten Zwerg."

Corinna lächelte und stand auf: „Okay. Ich gehe jetzt erst einmal zum Fitnessraum und du Sam, du hast Feierabend."

18.

Ein Lichtjahr vor dem System des roten Zwerges stoppte die Aminata. Corinna, Fred und Henry saßen auf der Brücke. Ihr Dienst ging nun ohne nennenswerte Ereignisse zu Ende. Da betraten auch schon Samantha, John und Saydala den Raum.

Samantha rief: „Guten Morgen!"

Corinna gähnte und sprach: „Gut? Naja, ich fühle mich richtig schlapp.“

Henry gähnte ebenfalls: „Ich auch. Ich brauche erst einmal einen starken Kaffee.“

Fred nickte: „Ich brauche auch einen Kaffee. Corinna, willst du auch einen?“

Corinna gähnte noch einmal: „UUaaah! Oja, das ist gut. Bring mir einen mit.“

Fred stand auf: „Geh schon vor in die Kabine.“

„Ein Kaffee ist gut. Ich habe zwar erst einen getrunken, aber ich hole mir noch einen.“ sagte Samantha.

John sah Samantha an und sprach: „Sam, bring auch mir einen mit:“

Saydala lachte: „Ihr Weicheier. So sagt man doch bei euch. Ich fühle mich putzmunter.“

„Hast du es gut.“ sagte John und gähnte dann laut und genüsslich.

Die Schicht von Samantha verlief sehr ruhig. Sie machten sehr umfangreiche Scans des Systems. Dabei stellen sie fest, dass der innerste Planet eine dichte Atmosphäre bestehend aus Stickstoff, Sauerstoff, Kohlendioxid und einigen Edelgasen hat. Die Zusammensetzung war fast wie auf der Erde. Es gab allerdings kaum vulkanische Aktivitäten. Ein großer Teil der

Oberfläche war wie auf der Erde mit Wasser bedeckt. Drei Kontinente gab es.

„Sieht richtig gut aus. Auf jeden Fall gibt es dort organisches Leben. Gibt es Anzeichen von Technologie?" fragte Samantha.

John gähnte wieder sehr laut: „Oh Mann, bin ich müde. So, was wolltest du wissen?"

Samantha meinte nur: „Du musst wirklich sehr müde sein. So kenne ich dich gar nicht."

Saydala blickt zuerst Samantha an und dann John. Dann bediente sie ihre Scanner: „Also, es gibt vier große Außenposten. Sie befinden sich fünfhundert Kilometer über der Oberfläche genau am Äquator. Ich sehe aber keine weiteren Aktivitäten."

Plötzlich stand John gähnend auf und verließ die Brücke. Saydala schaute immer noch auf ihren Monitor. Da hörte sie plötzlich ein leises gleichmäßiges Schnarchen hinter sich. Sie drehte sich um und sah, dass Samantha in ihrem Sitz eingeschlafen war. Saydala schaute auf die Uhr. 'Gleich ist Schichtwechsel', dachte sie. Sie stand auf und ging zu Samantha und schüttelte sie lachend. „Hey, aufwachen du Schlafmütze." rief Saydala.

Samantha rührte sich nicht. Auch das Schnarchen hat aufgehört. Sie atmete ruhig und gleichmäßig.

Plötzlich ging die Tür auf und Luna kam herein. „Guten Morgen. Hey, was ist denn hier los?"

Saydala blickte etwas ratlos drein: „Tja, Samantha ist eingeschlafen. Sie lässt sich auch nicht aufwecken. Ich habe es schon versucht."

„Komisch. Ich habe auch schon allein gefrühstückt. Moema und Otekah waren nicht beim Frühstück. Ich dachte, sie wären schon hier." meinte Luna.

Saydala schüttelte den Kopf: „Nein. Sie waren nicht hier."

„Komm, wir bringen Samantha erst einmal in ihre Kabine." sagte Luna.

Saydala und Luna hoben Samantha auf und trugen sie in ihre Kabine. Als sie die Tür öffneten, lag da John auf dem Fußboden und schlief ebenfalls tief und fest. Saydala und Luna legten Samantha und John in ihre Betten.

Luna schaute sich um und sprach: „Irgendetwas stimmt hier nicht. Das habe ich von den beiden noch nicht erlebt."

Saydala nickte: „Lass uns nach den Anderen schauen."

Sie gingen in die anderen Kabinen. Überall das gleiche Bild. Corinna und Fred lagen nackt zusammen in einem Bett und schliefen. Saydala und Luna hoben Corinna in das freie Bett. Als sie in Henry seine Kabine kamen, war niemand drinnen. Otekah saß in ihrer Kabine zusammengesunken auf einem Sessel.

„Wo ist Henry?" fragte nun Saydala.

„In der Kombüse und im Kabinett war er nicht." stellte Luna fest.

„Vielleicht ist er im Fitnessraum?" fragte Saydala.

Beide Frauen gingen in den Fitnessraum. Dort fanden sie Henry. Er lag auf einer Matte und schlief.

„Was ist hier nur los? Wieso schlafen die alle?" fragte Saydala.

Luna zuckte mit den Schultern: „Keine Ahnung. Und warum schlafen wir nicht?"

Saydala überlegte kurz und sprach: „Ich gehe auf die Brücke. Und du untersuchst jeden einzelnen. Es muss eine Ursache dafür geben. Vielleicht wachen sie auch bald wieder auf. Auf jeden Fall fliegen wir erst einmal nicht weiter."

Luna nickte: „Gut. Machen wir es so."

Luna ging in das medizinische Labor und holte ihre mobile Ausrüstung. Sie ging dann zu jedem schlafenden Crewmitglied und machte umfangreiche Untersuchungen. Im mobilen Scanner konnte Luna alles sehen. Bei jedem konnte sie eine Veränderung im Gehirn sehen. Das Schlafzentrum wurde aktiviert. Es ließ sich aber nicht deaktivieren. Während der Untersuchung bemerkte sie, dass es ihr selbst ab und zu schwindelig wird. Sie rief Saydala: „Kannst du bitte mal ins medizinische Labor kommen?"

Saydala antwortete: „Ich komme sofort."

Als Saydala in die Labor kam, schaute Luna sie an und gähnte laut.

„Schläfst du jetzt auch ein?" fragte Saydala etwas ängstlich.

Luna nickte kurz: „Ich lege mich jetzt hin und du scannst mich."

Luna legte sich auf die Liege. Saydala nahm den Scanner und führte ihn langsam über Luna ihren Körper. Anschließend sah sich Luna die Aufnahme an.

Luna sah sich die Aufnahmen an und sagte: „Meine EEG-Kurve sieht anders aus als bei den anderen. Jetzt leg du dich hin. Ich mache von dir ebenfalls einen Scann."

Saydala legte sich ebenfalls auf die Liege. Nun scannte Luna sie. Dann verglich sie alle Scans. Sie sah sich alle Scans an. Außer ein paar 'Aha' und 'Oha' war von ihr nichts zu hören.

Saydala wurde ungeduldig: „Was ist? Hast du was herausgefunden?"

„Jaa", sprach Luna gedehnt, „und zwar sehen alle Scans, außer deinem, so aus, als wären wir an

Narkolepsie erkrankt. Bei mir allerdings ist dies nicht so ausgeprägt wie bei allen anderen. Und bei dir gar nicht."

„Narkolepsie? Was ist das für eine Krankheit?" wollte Saydala wissen.

Luna atmete tief durch und erklärte: „Ja, Narkolepsie. Es ist eine Schlafkrankheit. Man schläft plötzlich ein. Gegen das Einschlafen kann man nichts machen. Ich habe festgestellt, dass die Neuropeptidhormone, welche im Hypothalamus gebildet werden, abgenommen haben. Bei mir ist das nicht so auffällig. Bei dir gar nicht. Du hast so einen Hypothalamus gar nicht. Dein Gehirn ist etwas anders aufgebaut. Die genauen Ursachen kann ich noch nicht feststellen. Auf jeden Fall kann ich eine natürliche Ursache nicht ausschließen. Allerdings können nicht alle plötzlich unter Narkolepsie leiden. Sie schlafen auch alle schon seit mehreren Stunden. Auch das wäre ungewöhnlich. Das gibt es so nicht."

„Was kann die Ursache denn sonst sein?" wollte Saydala wissen.

Luna hob die Schultern: „Ich weiß es nicht. Wir sollten jetzt alle Möglichkeiten in Betracht ziehen. Scannen wir zunächst alle Strahlenwerte. Dann sehen wir weiter. Das Problem ist, dass ich keine Möglichkeit hier habe, so viele künstlich zu ernähren. Zumindest nicht für einen längeren Zeitraum."

„Dann beeilen wir uns am besten." meinte Saydala

Luna nickte: „Gut. Ich schließe jetzt als erstes Corinna und Fred an einen guten alten Tropf. Als Erstes brauchen sie Flüssigkeit. Danach nehme ich mir noch einmal jeden einzelnen vor. Leider habe ich nur für vier Personen gleichzeitig die Möglichkeit zum Scannen. Und du scanne die gesamte Strahlung. Irgendeine Ursache muss das ganze haben. Selbst wenn sie alle wieder wach werden würden."

„In Ordnung. Ich beauftrage Android Mac zum Dienst auf die Brücke." sprach Saydala und ging auf die Brücke. Sie scannte zunächst die Umgebung. Sie fand nichts Auffälliges. Alles schien in Ordnung. Plötzlich sah sie eine leichte Unregelmäßigkeit im Terahertzbereich. Saydala scannte diesen Bereich mehrmals. Sie fand allerdings keine Ursache. Sie rief Luna. Als Luna nicht antwortete ging sie ins medizinische Labor. Sie hatte große Angst, dass Luna nun auch eingeschlafen ist. Was wäre, wenn genau das passiert? Saydala wäre dann ganz allein. Saydala spürte, wie ihre Angst immer stärker wird. Sehr

aufgeregt kam sie im Labor an. Sie öffnete die Tür und trat ein. Mac blieb erst mal allein auf der Brücke. Luna saß mit dem Rücken zur Tür am Labortisch. Sie saß regungslos da.
Saydala rief: „Luna!"
Luna drehte sich um: „Ja? Was ist?"
Saydala atmete hörbar auf: „Hast du mir einen Schrecken eingejagt. Ich habe dich gerufen, aber du hast nicht geantwortet."
Luna schaute auf ihr internes Kommunikationsgerät. Sie schaute etwas ungläubig und sprach zu Saydala: „Du hast Recht. Ich habe das gar nicht mitbekommen. Meine Konzentration scheint etwas beeinträchtigt zu sein. Ich habe etwas entdeckt. Und zwar gibt es bei meiner DNA einen Unterschied zu der DNA von Corinna und den anderen. Das wurde so noch nie untersucht. Die Ursache liegt wahrscheinlich bei einer geringen Weiterentwicklung in der Evolution. Ich stamme bekanntlich aus der Zukunft. Normalerweise wäre ich ja gar nicht hier. Ich bin ja erst in siebenhundert Jahren geboren, oder werde, oder, ach egal. Hättet ihr mich nicht von Elpis mitgenommen, würde ich nie geboren werden. Mit dem Umzug der Menschheit zum Planeten Elpis hätte es wahrscheinlich einen

evolutionären Sprung gegeben. Wir hätten uns an die außerirdischen Bedingungen von Elpis angepasst. Deshalb die sehr geringe Änderung meiner DNA. Ich bin dadurch wahrscheinlich von dieser Narkolepsie nicht so sehr betroffen."

Saydala sah Luna an und sprach: „Ist schon eigenartig, dieses 'Hätte' und 'Würde'! Nun wird es den Umzug der Menschheit dorthin nicht geben. Wir haben die Änderung in der Vergangenheit durch die Insektaner wieder repariert. Schon eigenartig. Aber Elpis existiert ja. Vielleicht sollten wir dort mal nachsehen. Aber das ist noch Zukunftsmusik. Ich habe auch etwas entdeckt. Eine Trägerwelle von Energie im Terahertzbereich. Die Energieform kann ich allerdings nicht identifizieren. Sie ist uns völlig unbekannt. Vielleicht solltest du das mal medizinisch untersuchen."

Luna nickte: „Okay. Schauen wir uns das mal an." Luna schickte Saydala ihre Daten durch den medizinischen Diagnosecomputer. Auf dem Monitor wurde eine Computeranimation gezeigt. Luna erklärte: „Da haben wir es. Diese Energiestrahlung ist eindeutig die Ursache. Du bist kein Mensch und ich habe eine kleine Abweichung der DNA. Ich bin nur leicht betroffen und du gar nicht. Wenn ich regelmäßig ruhe, wird es gehen. Ich kann dann die Auswirkungen etwas reduzieren. Die Frage ist jetzt eine andere. Ist das Absicht? Will hier jemand uns gezielt ausschalten und weiß nicht, das dies bei uns beiden nicht wirkt?"

Saydala sprach: „Hm, wäre möglich. Aber woher wissen diejenigen, dass es bei uns beiden nicht wirkt?"

Luna überlegte kurz und sagte: „Weil sie nicht wissen können, dass wir beide an Bord sind. Das heißt, dass zwei Personen mit einer anderen oder veränderten DNA an Bord sind."

Saydala nickte: „Das bedeutet, dass die Verursacher die DNA und ihre Struktur kennen!"

Luna meinte: „Das ist richtig. Sie kennen die Menschheit. Und woher? Von unseren entführten Leuten! Einen anderen Schluss kann es kaum geben."

Saydala nickte erneut: „Du hast Recht. Sie wissen von uns. Sie wissen nur nicht, dass es eine Person aus der Zukunft und eine Außerirdische gibt."

„Genau." meinte Luna.

Saydala nickte: „Gut. Ich gehe jetzt auf die Brücke. Und du gehst zu Bett. Ich werde schon ein paar Stunden alleine zurechtkommen. Ich habe noch drei Androiden. Gute Nacht."

Luna gähnte leicht und sagte: „Gute Nacht."
Dann erhob Luna sich und ging in ihre Kabine.
Dort angekommen entkleidete sie sich und nahm
eine Dusche. Danach ging sie zum Spiegel, um
ihre Haare zu ordnen. Sie schaute in den Spiegel
und erschrak. Sie schreckte regelrecht zurück. Im
Spiegel erschien das Gesicht von Onatah. Sie
lächelte Luna zu. Luna schloss die Augen und
öffnete sie wieder. Jetzt sah sie sich im
Spiegelbild. Luna gähnte.

„Oh Luna, es wird wirklich Zeit, dass du ins Bett
kommst. Du träumst schon am hellerlichten
Tag." sprach sie zu sich selbst und ging in ihr
Bett.

Kaum hatte sie sich hingelegt und das Licht
ausgemacht, bemerkte sie eine Bewegung neben
sich. Sie machte das Licht wieder an und dreht
sich um. Luna erschrak fürchterlich. Neben ihr
lag Onatah.

„Guten Morgen du Schlafmütze." sprach Onatah
und gab ihr einen Kuss.

„Was, was ist, ist los? Wo kommst du denn her?"
stammelte Luna.

„Was los ist?" Onatah lachte und gab ihr noch
einen Kuss. „Du hast geträumt und im Schlaf
geredet."

Luna war ganz verwirrt: „Wie, wie geträumt? Wo sind wir?"

Onatah sah Luna an und sprach ganz ruhig: „Wir sind auf der Aminata und fliegen zur Erde. Wir waren auf einer Mission zum Merkur!"

Luna war immer noch verwirrt: „Was, Merkur? Wie, was? Ich bin ganz durcheinander."

Onatah lächelte: „Das merke ich. Komm, steh endlich auf!" Sie streichelte Luna und gab ihr noch einen Kuss. Sie legte sich auf Luna und küsste sie leidenschaftlich. Ihre Zungen berührten sich und spielten miteinander. Dann küsste Onatah den Hals und die Brüste von Luna. Luna ihr Atem ging schwer. Onatah bewegte sich immer tiefer bis zum Schoß von Luna. Onatah wurde immer wilder. Plötzlich wurde Luna schwindlig. Sie machte die Augen zu und öffnete sie gleich wieder. Sie drehte sich zur Seite. Als sie sich wieder zu Onatah umdrehte war sie wieder verschwunden. Luna drückte die Kommunikationstaste und rief die Brücke. Saydala meldete sich: „Was ist los? Du solltest doch etwas ruhen!"

Luna wischte sich mit der Hand über die Stirn und sagte: „Ach, ich habe nur geträumt, dass wir auf einer Mission beim Merkur waren."

„Merkur? Das hast du nur geträumt. Leg dich wieder hin. Wir sehen uns in acht Stunden." sprach Saydala.

Luna gähnte laut: „UUaaah, okay, also bis dann." Luna ließ sich von ihrem Wecker schon nach drei Stunden wecken. Sie ging ins medizinische Labor und wechselte bei der künstlichen Ernährung die Patienten. Es waren nur für vier Crewmitglieder Anlagen zur künstlichen Ernährung da. Als erstes hatte sie Corinna, Samantha, Fred und John angeschlossen. Nun sind Moema, Henry und Otekah an der Reihe. Nach weiteren drei Stunden wechselt sie diese wieder. Allerdings reichen die Vorräte dafür für maximal vier Wochen. Als letzte Möglichkeit gab es dann nur noch den Kryoschlaf. Nachdem sie den Wechsel vollzogen hatte, legte sich Luna wieder hin. Sie musste dies jetzt täglich in zweistündigen oder dreistündigen Rhythmus machen. Währenddessen suchte Saydala nach technischen Möglichkeiten, diesen geheimnisvollen Strahlen auf die Spur zu kommen. Nach drei Tagen hatte sie immer noch keinen Erfolg. Sie hatte auch alle Daten zur Erde gesandt. Aber auf eine Antwort musste sie noch viele Tage warten. Sie konnte also von dort keine Hilfe erwarten.

Luna und Saydala saßen wieder einmal in der Kombüse zusammen. Der Android Mac übernahm derweil die Überwachung auf der Brücke.

Saydala sah Luna an und fragte: „Was machen wir nun weiter? Wir kommen so nicht weiter!"

Luna stützte ihr Kinn auf die Hände und sagte: „Nein. Wir kommen so nicht weiter. Und ich kann sie nicht mehr alle so lange mit Nährstoffen und Flüssigkeiten versorgen. Wir müssen etwas unternehmen."

Saydala nickte: „Aber was? Wir treten hier auf der Stelle. Sollten wir vielleicht näher an die Strahlungsquelle fliegen? Der Planet scheint zumindest bewohnt zu sein."

Luna überlegte und sprach: „Wir haben, so scheint es mir, gar keine andere Möglichkeit. Wir müssen davon ausgehen, dass dort die Lösung für unser Problem liegt. Wir sind zwar nur zu zweit, aber wir müssen es versuchen."

Saydala nickte wieder: „Du hast Recht. Fliegen wir also hin!"

Luna stand auf und sagte: „Ich werde unterdessen Henry, Moema, John und Fred in Kryoschlaf versetzen. Außerdem werde ich einen Androiden so programmieren, dass er die medizinische Versorgung der anderen

übernimmt. Ich werde Robbie dazu nehmen. Ich schau dann nur alle acht Stunden nach ihnen."
Saydala stand ebenfalls auf: „In Ordnung. Machen wir es so."
„Meinst du, dass dies hier ein feindlicher Akt uns gegenüber ist?" fragte Luna.
„Ich denke schon. Sie haben unsere Leute vom Alpha Centauri entführt. Und hier liegt fast die gesamte Crew im Dauerschlaf und kann nicht aufwachen. Das ist kein Zufall." meinte Saydala.
Luna sah Saydala an: „Ich mache mir Sorgen. Wenn ich auch noch ausfalle, bist du allein."
Saydala machte ebenfalls ein sorgenvolles Gesicht: „Das habe ich mir auch schon überlegt. Ich will unsere Androiden so programmieren, wenn wir alle ausfallen, dass sie unser Schiff selbstständig nach Hause fliegen. Ich hoffe, es kommt nicht soweit."
Luna holte tief Luft: „Ja, hoffentlich."
Saydala fiel Luna um den Hals. Ihr Atem ging dabei auch viel schneller als sonst. Das macht sie immer, wenn sie traurig ist. Luna wusste das und streichelte Saydala über das Haar. „Hab keine Angst. Wir werden es schaffen. Onatah, Gabriel und die anderen werden wir auch gesund und munter wieder heim holen."

„Ich vermisse Gabriel so sehr. Wenn ich so alleine im Bett liege, wünsche ich mir so sehr, dass er da wäre, dass seine Hände mir über den Körper streichen und wir uns lieben. Ich habe solche Angst, ihn nie wieder zu sehen." sprach Saydala leise.

„Mir geht es auch so. Bei dem Traum vom Merkur sah ich Onatah neben mir. Wir küssten uns. Es war, als wäre sie wirklich da. Ich spürte ihren Atem, ihre Hände und ihre Lippen." Luna wollte weinen, hielt aber ihre Tränen zurück. Sie holte tief Luft, sah Saydala an und sprach: „Fliegen wir zu dem verdammten Planeten!" Dabei wischte sie sich mit den Händen über die feuchten Augen.

19.

Die Aminata flog nun in Richtung des inneren Planeten des roten Zwerges. Auf halber Strecke gab es plötzlich eine starke Erschütterung auf der Außenhaut des Raumschiffes. Irgendetwas muss die Aminata getroffen haben. Saydala konnte allerdings nichts ausmachen. Dabei bemerkte sie eine Fluktuation in der mysteriösen Strahlung, welche für das Einschlafen der Crew verantwortlich ist. Dadurch konnte sie die Struktur der Strahlung bestimmen. Anhand eines Computermodells errechnete sie die Intensität, die genaue Wellenlänge und die Energiemenge dieser Strahlung. Sie rief Luna: „Ich habe etwas entdeckt. Wir können vielleicht etwas gegen diese Strahlung unternehmen!" Saydala übertrug nun die Steuerung Mac.

Luna erschien auf der Brücke. Saydala sprach sie gleich an: „Schau auf meinen Monitor."

Luna schaute genau hin: „Da ist eine kleine Fluktuation. Aber, was war das für eine Erschütterung?"

Saydala hob die Schultern: „Ich weiß es nicht. Es ist außer dieser Fluktuation nichts zu sehen. Ich habe daraufhin mal einiges durchgerechnet. Die Fluktuation kam durch eine geringe Beta-Strahlung zustande. Vom Computer kam der Vorschlag, eine dünne Folie aus Technetium könnte die mysteriöse einschläfernde Strahlung unterbrechen oder zumindest schwächen."

Luna fragte erstaunt: „Technetium? Oh, das ist aber sehr selten. Um eine Folie für jeden herzustellen, brauchten wir schon eine gehörige Menge. Ich weiß nicht, ob wir so viel haben. In den Computertomographen gibt es eine geringe

Menge Technetium. Ob das ausreicht, diese einschläfernde Strahlung zu unterbrechen?"

Saydala runzelte die Stirn: „Wir sollten dieser Strahlung endlich einen Namen geben. Das ist leichter bei der Kommunikation."

Luna nickte: „Gut. Wie wäre es mit, mit Ypnos-Strahlung? Ypnos kommt aus dem Griechischen und heißt ganz einfach Schlaf. Viele Strahlungsarten werden nach griechischen Buchstaben benannt."

Saydala überlegte: „Hm, also Ypnos-Strahlen! Okay. Wir müssen nun einige Versuche mit Technetium durchführen."

„In Ordnung. Ich lasse den Computer berechnen, wieviel Technetium wir zur Verfügung haben, ohne das Raumschiff zu gefährden." sprach Luna.

Plötzlich gab es wieder diese Erschütterung. Saydala und Luna registrierten nun aber einen kurzen aber heftigen Anstieg an Gravitonen. Es erfolgte nur wenige Sekunden später eine weitere Erschütterung.

„Wo kommen diese heftigen Gravitationswellen her?" fragte Luna.

Saydala sah auf ihre Instrumente: „Ich habe nichts auf dem Monitor. Auch die Instrumente können keine Quelle ausmachen."

Der Android Mac meldete sich: „Ich registriere einen künstlichen Satelliten bei dem innersten Planeten.“

„Wo genau?“ wollte Luna wissen.

„Ich zeige es auf dem Monitor. Der Satellit ist diskusförmig, dreihundert Meter Durchmesser und in der Mitte 20 Meter hoch. Nimmt einen geostationären Punkt über der Oberfläche des Planeten ein.“ erklärte Mac.

Auf dem Monitor war ein kleiner silbriger Punkt zu sehen. Mehr nicht. Saydala sprach zu Mac: „Maximale Vergrößerung.“

Alle sahen es nun deutlicher. Er sah tatsächlich wie ein Diskus aus. Die Oberfläche schien sehr glatt zu sein.

„Wie ist unsere Entfernung?“ fragte Luna.

„Drei Astronomische Einheiten.“ antwortete Mac.

Plötzlich gab es wieder eine Erschütterung. Diesmal war sie aber sehr heftig. Sie wurden auf der Brücke ziemlich durchgeschüttelt. Luna rief den Androiden Robbie auf der medizinischen Station: „Robbie, ist alles in Ordnung?“

„Alles in Ordnung. Keine Schäden bei den Instrumenten und den Menschen.“ meldete Robbie.

Saydala meinte: „Vielleicht ist das eine Aufforderung, nicht näher zu kommen!"

„Dann sollten wir zunächst einmal stoppen!" sprach Luna.

Saydala stoppte alle Triebwerke. Sie wollte auch gerade einen Scan dieses Satelliten durchführen, als plötzlich der Monitor nichts mehr anzeigte. Es war nur noch alles schwarz.

„Was ist jetzt los?" fragte Luna.

Saydala schüttelte den Kopf: „Keine Ahnung. Auch alle Instrumente, alle Scanner sind ausgefallen. Es gibt gar keine Anzeigen mehr. Auch die Triebwerke sind ausgefallen."

Mac meldete: „Auch meine Instrumente sind ausgefallen."

„Wir sind also blind und taub?" stellte Luna fest.

Saydala nickte wieder: „Genau. Und Gelähmt sind wir außerdem."

„Und was machen wir jetzt?" fragte Luna besorgt.

„Die Scanner im Landeschiff könnten noch funktionieren!" meinte Mac.

Saydala rief: „Ausgezeichnete Idee. Mac, du gehst ins Landeschiff und überprüfst dort die Scanner."

„In Ordnung." Mac begab sich sofort in den Hangar, wo zwei Amphibienfahrzeuge und das

Landeschiff untergebracht waren. Dort begab er sich auf die Brücke des Landeschiffes. Als die Scanner hochgefahren waren meldete sich Mac: „Diese Scanner funktionieren ebenfalls nicht. Ich gehe nun in ein Amphibienfahrzeug und sehe dort nach.“

„Gut, tu das.“ meldete sich Saydala.

Mac meldete sich aus dem großen Amphibienfahrzeug: „Hier funktionieren einige Scanner. Ich scanne nun die Umgebung.“

Luna rief: „Gut. Lege die Daten hier auf den großen Monitor.“

Nach wenigen Sekunden kamen die ersten Daten auf dem Bildschirm. Immer mehr Datenreihen sendete Mac auf die Brücke. Mac meldete sich: „Das sind alle Daten.“

Luna sah angestrengt auf den Monitor: „So, was haben wir denn nun hier.“

Saydala sah sich ebenfalls die Daten genau an: „Wir sind offensichtlich umgeben von einer Teilchenwolke. Aber die Teilchen haben keine Masse. Reine Energie, so wie Photonen. Es sind aber keine Photonen. Sie sehen aus wie freie Fosotronen.“

„Fosotronen? Also die kleinsten Bestandteile der Photonen?“ fragte Luna überrascht.

Saydala nickte: „Ja, sieht so aus.“

Luna war immer noch skeptisch: „Wie geht das denn?“

Saydala schaute noch einmal auf die Daten und sprach dann zu Luna: „Ich bin kein Quantenphysiker. Moema und Samantha könnten dazu mehr sagen. Ich kann nur sagen, dass dies ähnliche Teilchen sind wie freie Fosotronen.“

Luna rief laut: „Mac, kannst du feststellen, welche Ausmaße diese Wolke hat?“

Mac antwortete: „Die Wolke umfasst unser gesamtes Raumschiff wie eine Hülle. Sie ist fünf Nanometer dick, aber ungeheuer dicht.“

„Können wir mit einer Sonde hindurchfliegen?“ fragte Saydala.

Mac antwortete: „Das müsste gehen. Es gibt auch keine Reaktion der Fosotronenwolke mit der Außenhaut des Schiffes.“

„Gut. Dann schicke eine Sonde durch.“ befahl Luna.

Die Sonde wurde losgeschickt. Als sie durch die Fosotronenwolke stieß, sah man im Schiff auf den Monitoren nur ein leichtes Aufblitzen. Die Sonde blieb aber dabei ohne Schaden. Nun konnte man auch Scans durchführen. Als die Sonde die ersten Aufnahmen machte, war man im Raumschiff erschrocken. Die fremde Station war riesengroß zu sehen. Der Diskus befand sich inzwischen nur wenige hundert Meter von der Aminata entfernt. Kaum war aber die Sonde soweit, gab es einen blitzartigen Strahl von dem Diskus und das Bild erlosch. Das letzte, was man sehen konnte, war, dass der Diskus beschleunigte und verschwand.

Luna rief: „Triebwerke starten und verfolgen."

„Ich kann nicht beschleunigen. Die Fosotronenwolke verhindert dies." meldete Mac.

Saydala klopfte laut mit der Hand auf ihren Tisch: „So ein Mist!"

Luna rief: „Ja, verdammt." Luna schaute nun Saydala an und musste lächeln.

Saydala fragte erstaunt: „Was ist? Warum lächelst du?"

Luna lächelte immer noch: „Du hast eben Mist gesagt. Das kennt man gar nicht von dir. Du kannst ganz schön menschlich fluchen."

„Entschuldige. War mir so raus gerutscht." sprach Saydala etwas verlegen.

Luna lachte nun: „Ist schon in Ordnung. Du hast ja Recht. So ein Mist!"

„Was machen wir jetzt?" fragte jetzt Saydala.

Luna war etwas ratlos: „Wir müssen irgendwie sehen, dass wir aus dieser Fosotronenwolke rauskommen."

Da meldete sich der Android Robbie von der Krankenstation: „Hier gibt es Veränderungen bei allen Patienten im EEG! Alle scheinen aufzuwachen."

Luna stand auf und rief: „Ich komme sofort."

Luna eilte nun zur Krankenstation. Dort überprüfte sie die EEG der einzelnen Crewmitglieder.

Sie war noch nicht fertig, da regte sich auch schon die erste. Otekah schien als erste aufzuwachen. Sie gähnte laut und schlug die Augen auf. Dann sah sie sich ungläubig um und sprach: „Was ist passiert? Wo, wo bin ich?"

Luna lächelte sie sanft an: „Ganz ruhig. Keine Sorge. Du hast nur sehr, sehr lange geschlafen. Du bist in der Krankenstation."

Otekah sah sich um: „Wie lange habe ich geschlafen?"

„Vier Tage!"

Otekah richtete sich ruckartig auf und wollte aufstehen. Dabei sprach sie etwas erschrocken: „Vier Tage?"

Luna befahl: „Liegen bleiben!"

Otekah wollte trotzdem aufstehen: „Wieso? Ich denke, dass ich vier Tage gelegen habe!"

Luna nickte: „Ganz genau. Ich muss dich erst einmal durchchecken."

Inzwischen wachten auch die Anderen auf. Luna checkte alle durch. Bei allen war alles wieder okay. Sie waren erwacht, wie aus einem normalen Schlaf. Corinna stand auf und streckte sich. Dabei gähnte sie sehr laut und genüsslich: „UUaaah. Meine Glieder sind ganz steif. Luna, wenn alle in Ordnung sind, treffen wir uns alle im Kabinett. Bringt uns alle erst einmal auf den neuesten Stand. Zwei Androiden können derweil die Wache auf der Brücke übernehmen."

Luna holte inzwischen Moema, John, Fred und Henry aus dem Kryoschlaf und wartete bis alle wieder fit waren.

Später saßen alle zusammen im Kabinett. Luna und Saydala berichteten, was inzwischen geschehen war.

„Also. Diese Fosotronenwolke können wir nicht durchdringen?" fragte Corinna.

„Nein. Keine Chance." antwortet Saydala.

„Und hinausfliegen können wir auch ja nicht?" wollte Samantha wissen.

Luna schüttelte den Kopf: „Nein. Das haben wir auch gedacht. Aber die Triebwerke funktionieren auch nicht."

Fred überlegte und fragte schließlich: „Was ist mit dem Landeschiff?"

„Die Landungstriebwerke könnten funktionieren.

Aber Lichtgeschwindigkeit ist nicht drin. Eine Annihilation würde nicht gelingen. Die Fosotronenwolke würde das verhindern." erklärte Saydala.

„Und Ionenantrieb?" fragte John.

Saydala verzog die Mundwinkel: „Da alle Anzeigen ausgefallen sind, würden wir blind losfliegen. Wir könnten nicht steuern."

Corinna gähnte und sprach: „Naja. Schauen wir mal. Jetzt aber wird erst einmal ordentlich gefrühstückt. Ich habe einen Mordshunger. Ich habe bestimmt fünf Kilogramm abgenommen."

Samantha lachte: „Oja, du bist ein richtiger Strich in der Landschaft geworden. So richtig abgemagert. Aber du hast Recht. Selbst ich habe etwas Hunger."

Corinna klatsche erfreut in die Hände: „Na also. Ich wusste, dass ich einen solchen Tag bei dir noch erleben würde. Alles klar? Na dann, Mahlzeit!"

Nun wurde sehr ausgiebig gefrühstückt. Danach nahmen sich Fred, Samantha und Moema die Daten von der Fosotronenwolke vor. John und Henry untersuchten die wenigen Bilder von dem Diskus. Otekah half Luna bei der Analyse der medizinischen Daten. Corinna ging mit Saydala auf die Brücke.

Nach vier Stunden saßen wieder alle zusammen im Kabinett, um über das weitere Vorgehen zu beraten.

„Was habt ihr herausgefunden?" fragte Corinna. Samantha fing an: „Die Fosotronenwolke strahlt auf uns unbekannte Weise. Wir können sie mit unseren Antrieben nicht durchdringen. Sie neutralisiert alles. Sie neutralisiert unsere Ionentriebwerke, sie neutralisiert die Annihilation und ein Warpfeld können wir auch nicht aufbauen. Aber sie scheint sich langsam, sehr langsam aufzulösen."

John zeigte auf den Bildschirm: „Wir haben nur sehr wenige Bilder von dem Diskus. Er ist sehr glatt auf der Außenhaut. Es gibt auch keine Anzeichen von einem Triebwerk oder so etwas Ähnliches. Mehr konnten wir nicht sehen."

Sie schauten sich die Bilder alle sehr aufmerksam an. Dann richteten sich alle Augen auf Luna. Sie räusperte sich und sagte dann: „Laut unseren medizinischen Daten ähnelt der Schlaf der Narkolepsie, einer irdischen Krankheit, welche einen plötzlichen Schlaf hervorruft. Aber dieser Schlaf hält in der Regel nicht sehr lange an. Und dass ihr alle Narkolepsie plötzlich habt, schließe ich aus. Allerdings könnte es auch eine telepathische Ursache haben. Warum Saydala und ich nicht betroffen waren, konnte ich wahrscheinlich klären. Saydala ist eine Außerirdische. Ihr Gehirn funktioniert anders. Narkolepsie ist eine neurologische Erkrankung. Saydala hat keinen Hypothalamus. Ihr Gehirn ist ganz anders aufgebaut. Das ist bei ihr die Ursache, dass sie nicht erkrankte. Und bei mir? Meine DNA hat sich schon etwas verändert. Wahrscheinlich ist bei mir schon eine evolutionäre Veränderung eingetreten. Ich bin schließlich aus dem 30. Jahrhundert. Die Veränderung ist zwar sehr geringfügig, aber sie ist bereits erkennbar. Außerdem bin ich schon in der dritten Generation auf einem fremden Planeten aufgewachsen. Auch das könnte bei evolutionären Veränderung eine Rolle spielen.“

„Nicht sehr viel, was wir da haben. Die Fosotronenwolke löst sich also auf. Wie lange dauert es, bis sie ganz weg ist?“ wollte nun Corinna wissen.

Samantha antwortet: „In circa zehn bis zwölf Stunden!“

Corinna haute mit der flachen Hand auf den Tisch: „Zwölf Stunden? Dann sind die Fremden sonst wo!“

„Wir haben selbst mit unserem Landeschiff versucht, die Wolke zu durchbrechen. Auch diese

Triebwerke funktionieren nicht. Wir kommen einfach nicht von der Stelle." sprach Moema.

Henry überlegte: „Der Diskus muss doch Spuren hinterlassen haben. Jedes Triebwerk hinterlässt Spuren. Wir haben schließlich auch diese sonderbare Tachyonenspur hierher verfolgen können."

Luna schaute in die Runde: „Ja sicher, aber die sind dann mehrere Lichtjahre weg. Und wir haben immer noch kein Lebenszeichen unserer Vermissten. Was ist, wenn unsere Leute gar nicht hier sind? Wir suchen sie hier, verfolgen ein fremdes Schiff und dann sind Onatah, Gabriel, Frank und die Anderen ganz woanders? Habt ihr daran schon mal gedacht?"

Schweigen. Alle schauten resignierend vor sich hin. Keiner sagt etwas. Saydala atmete schwer und Otekah war den Tränen nahe.

Corinna rief: „Schluss. Wir dürfen nicht resignieren. Wir werden unsere Leute finden. Wir werden sie finden!"

Luna wird laut: „Ich glaube es bald nicht mehr. Sie sind nun schon seit Monaten in Gefangenschaft. Es ist bald ein Jahr her, dass sie entführt wurden. Sie könnten überall sein! Sie könnten schon lange tot sein."

Corinna stand auf und stützt ihre Arme auf den
Tisch: „Wir dürfen nicht verzagen und aufgeben.
Ich will kein Wort von Resignation mehr hören.
Zwölf Stunden bis die Wolke sich aufgelöst hat?
Die warten wir und dann ran an die Arbeit. Nur
Mut. Wir müssen an unseren Erfolg glauben.
Alles klar?" Die anderen nickten zustimmend.
„Okay? Dann alle Systeme einen gründlichen
Check unterziehen. Wir machen auch wieder das
bewährte Schichtsystem. Die erste Wache
übernimmt meine Schicht, dann wie gehabt
Samantha und dann Otekah. Okay. Jetzt wird
etwas gegessen und dann los."
Saydala fragte schüchtern: „Könnte ich die
Schichten mit jemanden tauschen? Ich brauche
etwas mehr Zeit. Und Luna bestimmt auch."
Moema sah Saydala an und sagte: „Wir
tauschen. Dann bist du mit Luna in einer Schicht
und ihr habt jetzt mehr Zeit."
Saydala lächelte: „Danke."
Corinna rief noch einmal laut: „Okay. Kein
Problem. Alle Tagesuhren werden nun auf null
Uhr gestellt."
Alle standen auf und gingen. Corinna, Fred und
Henry gingen auf die Brücke. Moema, Samantha
und John gingen Freizeitaktivitäten nach.
Saydala, Otekah und Luna gingen in ihre Kabinen.

Luna ging wie immer zuerst ins Badezimmer und nahm eine Dusche. Danach schaute sie vorsichtig in den Spiegel. Als sie sich selbst sah, war sie erleichtert. Die Tagträume von Onatah nagten an den Nerven. Die Sehnsucht nach ihr wurde immer unerträglicher. Luna legte sich ins Bett und schlief auch sehr schnell ein. Plötzlich schreckte sie hoch. Völlig schweißgebadet saß sie auf der Bettkante. Ihr Herz schlug wie wild. Sie stand auf und zog sich an. Dann ging sie in den Fitnessraum. Dort traf sie auf Samantha. Als sie Luna sah, fragte sie: „Was ist los? Du siehst ja fix und fertig aus. Was ist passiert?"

Luna winkte ab: „Ach, nichts."

Samantha ließ aber nicht locker: „Komm, sag schon. So habe ich dich ja noch nie gesehen."

Luna holte tief Luft: „In letzter Zeit habe ich Träume von Onatah. Sie fehlt mir so sehr."

„Das verstehe ich." sagte Samantha.

Luna war den Tränen nahe: „Eben habe ich geträumt, dass ich mit ihr schlafe. Es war so real. Wenn wir sie nicht bald finden, drehe ich noch durch."

Samantha streichelt ihr übers Haar: „Wir werden sie finden. Und das ist kein Zweckoptimismus. Ich bin davon überzeugt. Und alle werden gesund sein. Dann kannst du Onatah wieder in die Arme schließen.“

Luna nickte: „Ja. Du hast Recht.“

Samantha lächelte: „Und dass du hier Ablenkung suchst ist zwar gut, aber du brauchst auch deinen Schlaf.“

Luna lächelte nun auch: „Du hast Recht. Ich gehe wieder in mein Bett. Danke für die aufmunternden Worte.“

„Gerne. Wenn du wieder Probleme hast, du kannst jeder Zeit mit mir reden.“ versprach Samantha.

„Danke.“ Luna dreht sich um und ging in ihre Kabine. Der Rest der Nacht verlief ruhig. Luna konnte gut schlafen. Samantha machte sich hingegen große Sorgen. Wenn die Suche weiterhin so erfolglos verläuft, was dann?

„Ich muss mit Corinna darüber reden.“ sprach Samantha zu sich selbst.

20.

Nach zwölf Stunden hatte sich die Fosotronenwolke tatsächlich aufgelöst. Die Crew hatte nun wieder freie Sicht.

„Fred, scanne das ganze Sonnensystem!" sagte Corinna.

Fred tat wie ihm geheißen. Er scannte ausführlich. Nichts durfte ihnen entgehen. Besonders der Planet interessierte sie. „Ich kann nichts Auffälliges erkennen. Der Diskus hat wieder eine dieser mysteriösen Tachyonenspur hinterlassen."

„Okay, dann fliegen wir zu dem Planeten. Höchstgeschwindigkeit." sprach Corinna.

Nach einem kurzen Ruckeln flog die Aminata zum Planeten. Nach nur zehn Minuten waren sie bei ihm angekommen. Sie bezogen eine Bahn im Orbit.

Corinna lief auf der Brücke hin und her: „Fred, sende drei Sonden aus. Wir wollen mal sehen, was es da unten gibt. Vielleicht gibt es Hinweise von unseren Leuten."

Die drei Sonden umflogen den Planeten und machten umfangreiche Scans. Er sah der Erde sehr ähnlich.

Henry meldete: „Dieser Planet ist sehr urwüchsig. Ähnlich aufgebaut wie die Erde. Es gibt mehrere Kontinente. Es gibt eine dichte Vegetation. Es scheint auch tierisches Leben zu geben. Ich sehe aber keine Anzeichen einer Zivilisation. Nichts. Keine Legierungen, keine

Anzeichen von Gebäuden oder Siedlungen. Keine Raumschiffe. Gar nichts."

Corinna überlegte: „Also sind unsere Leute auf dem Diskus. Sie haben sie also mitgenommen."

Fred nickte: „Sieht so aus."

Corinna befahl nun: „Okay. Fred starte die Triebwerke. Wir folgen der Tachyonenspur. Höchstgeschwindigkeit, los."

Fred rief: „Eye, eye Käpt'n! „

Ein kurzes Ruckeln und die Aminata flog mit Warpgeschwindigkeit immer der Tachyonenspur nach. An Hand der Daten konnten sie das auf dem Bildschirm verfolgen.

Zwei Tage tat sich gar nichts weiter. Die Aminata flog immer noch der Spur nach. Aber den Diskus selbst konnten sie nicht entdecken. Es hatte gerade die Schicht von Otekah Dienst. Da meldete Saydala: „In zwei Lichtjahren Entfernung endet die Tachyonenspur."

Otekah fragte: „Ist noch irgendetwas anderes zu sehen?"

Saydala schüttelte den Kopf: „Nein. Nur die Spur endet plötzlich."

Zehn Minuten später waren sie an dem Punkt angelangt. Saydala scannte die Umgebung. Nichts war zu sehen. Nun weiteten sie die Suche aus.

„Ich habe da etwas. Hier, wo die Spur endet, gibt
es eine Erhöhung der Dichte von Positronen und
eine Verringerung von Neutrinos." meldete
Saydala.
„Neutrinos und Positronen? Ist das eine Spur
oder nur so eine Wolke?" wollte Otekah wissen.
Saydala nickte: „Es sieht so aus wie eine Spur.
Nur, die ist laufend unterbrochen."
„Leg es auf den Bildschirm!" sagte Otekah.
Sie sahen sich die Spuren der Neutrinos und der
Positronen an.
Otekah meinte: „Sieht auf den ersten Blick
normal aus. Aber an einigen Stellen sind die
Neutrinoströme unterbrochen und darüber
haben sich Positronen gelegt. Ungewöhnlich."
„Endet diese neue Spur irgendwo?" fragte Luna.
„In drei Lichtjahren Entfernung!" sagte Saydala.
Da betraten Corinna, Fred und Henry die Brücke.
Corinna rief: „Schichtwechsel!"
Otekah stand auf und sagte: „Wir haben etwas
Neues!"
Otekah legte Corinna, Fred und Henry die
Neuigkeiten dar. Sie zeigte ihnen die Daten.
Gemeinsam wurden nun die weiteren Schritte
abgestimmt.

Otekah meinte: „Diese Positronen bilden in Unterbrechungen auch eine Spur."

Corinna sah sich dies an: „Sieht so aus. Vielleicht wollte man uns irritieren. Wir werden diesen Positronen folgen. Es ist die einzige Spur, welche wir haben."

Otekah nickte: „Sehe ich genauso."

Corinna sah Otekah an: „Alles klar. Dann könnt ihr nun gehen. Wir machen weiter."

Otekah, Saydala und Luna beendeten nun ihre Schicht. Corinna ließ von Fred noch einige Berechnungen durchführen. Dann folgten sie der neuen Positronenspur. Henry scannte unterdessen laufend die Spur. Es veränderte allerdings gar nichts. Die Scanner zeigten nach wie vor, dass die Positronenspur abrupt endet. Nach einer Übergabe mit umfangreichen Erläuterungen an Samanthas Schicht, gingen Corinna, Henry und Fred in die Kombüse. Samantha übernahm jetzt das Kommando. Das Ende der Positronenspur war jetzt nur noch ein Lichtjahr entfernt. John saß an den Scannern, Moema überwachte die Steuerung.

„John, zeigen die Scanner etwas Auffälliges?" fragte Samantha.

„Nein. Gar nichts." sagte John.

John hatte es noch nicht richtig ausgesprochen, da rief er auf einmal: „Fremdes Objekt am Ende der Positronenspur!"

Samantha rief: „Alle Triebwerke stopp."

Moema stoppte den Warpantrieb. Auf dem Bildschirm war nun wieder das Weltall zu sehen. Ein paar Sterne wurden sichtbar. Aber es waren nur sehr wenige. Dieser Anblick war für alle sehr ungewöhnlich.

Samantha, John und Moema bemerkten plötzlich, wie es ihnen schwindlig wurde. Samantha rief sofort Luna und Saydala. Sie gab auch dem Androiden Mac den Befehl die Position zu halten. Nach einer Minute kamen Luna und Saydala auf die Brücke geeilt.

Luna fragte: „Was ist passiert?"

Samantha fiel das Reden schwer: „Uns Dreien ist plötzlich so schwindlig. Ich kann gar nicht mehr richtig klar denken."

Saydala fragte: „Werdet ihr wieder müde?"

Moema schüttelte den Kopf: „Nein. Nur so komisch. Ich kann es gar nicht richtig beschreiben."

„Hat sich an der Situation etwas verändert?" fragte Luna.

Samantha rang nach Worten: „Mac wird euch alles erklären!"

Luna half Samantha beim Aufstehen: „Okay.
Geht jetzt in eure Quartiere! Ich schaue nachher
nach euch."

Samantha, John und Moema begaben sich
mühsam in ihre Quartiere. Saydala übernahm die
Steuerung. Mac war an den Scannern.

Nach ein paar Minuten stand Luna auf: „Ich
schaue nun nach Corinna, Fred und Henry!"

Saydala nickte: „In Ordnung."

Luna ging zuerst zu Corinna. Als sie anklopfte,
kam keine Reaktion. Vorsichtig öffnete sie die
Tür. Sie fand Corinna zusammen mit Fred im
Bett. Langsam näherte sie sich dem Bett.
Vorsichtig zupfte sie an der Bettdecke. Keine
Reaktion. Da öffneten beide die Augen. Corinna
versuchte sich zu erheben. Sie ließ sich aber
gleich wieder fallen. Fred stöhnte leise auf und
rollte etwas die Augen.

Corinna war ganz verstört: „Was? Oh, mir ist so
komisch im Kopf. Was ist los?"

Luna fragte: „Kannst du mich verstehen?"

Corinna nickte kurz: „Ja. Aber mir ist so
schwindlig."

Fred wollte erneut aufstehen, schaffte es aber
nicht: „Was ist passiert? Oh Mann, habe ich
einen schweren Kopf."

Luna erklärte: „Es scheint wieder loszugehen.
Genau wie vor ein paar Tagen. Samantha, John
und Moema haben die gleichen Symptome.
Saydala und mir geht es gut. Ihr bleibt jetzt hier.
Ich schaue noch nach Henry und Otekah."
Luna begab sich nun zu Otekah. Als sie deren Tür
öffnete, sah sie Otekah splitternackt
zusammengesackt in ihrem Sessel sitzend.
Luna rief: „Otekah? Kannst du mich hören?"
Otekah antwortete mit leiser, schwacher
Stimme: „Ja. Ich wollte mich gerade anziehen. Da
wurde mir so schwindlig. Ich kann mich gar nicht
auf den Beinen halten. Was ist denn nur los?"
Luna sagte zu ihr: „Es scheint das Gleiche zu sein,
wie vor ein paar Tagen. Nur, dass ihr diesmal
nicht einschlaft. Du gehst jetzt wieder in dein
Bett. Ich komme gleich wieder vorbei!" Luna half
Otekah ins Bett.
Luna schaute nun nach Henry. Er lag schlafend
im Bett. Sie weckte ihn. Er wachte auch auf,
zeigte aber die gleichen Anzeichen von
Schwäche. Luna befahl ihm, im Bett zu bleiben.
Dann begab sie sich auf die Brücke zu Saydala.
„Also. Es scheint wieder so zu sein, wie beim
letzten Mal. Wir beide sind nicht betroffen, alle
anderen schon. Nur dass sie dieses Mal nicht
schlafen. Ist schon eigenartig."

„Stimmt." Saydala stockte ein paar Sekunden und sagte dann: „Vielleicht ist die Strahlung dieses Mal schwächer?"

Luna überlegte: „Du meinst...? Kann schon sein!"

Saydala sah auf ihre Instrumente: „Ich scanne nun noch einmal."

Saydala machte nun noch einmal einen Rundumscan. Dabei sah sie sich das Ende der Positronenspur genauer an.

„Am Ende der Positronenspur befindet sich der Diskus. Er bewegt sich nicht von der Stelle." sagte Saydala.

Plötzlich ging die Tür zur Brücke auf und Corinna und Fred kamen herein. Saydala und Luna waren richtig erschrocken.

Corinna rief: „Nicht erschrecken. Alles wieder in Ordnung."

Luna stand auf: „Ich schaue mal nach den Anderen."

Corinna setzte sich auf ihren Platz, Fred übernahm die Steuerung und Saydala blieb an den Scannern.

Corinna rief: „Mac, alle Waffen klarmachen!"

„Befürchtest du, dass es zu einer Auseinandersetzung kommen könnte?" wollte Saydala wissen.

Corinna meinte nur: „Man kann nie wissen."

Luna kam wieder herein: „Alles in Ordnung. Alle sind wieder wohlauf."

Corinna befahl nun alle ins Kabinett zu einer Beratung. Unterdessen hielten sie die Position. Robbie wurde zusätzlich zur Überwachung auf die Brücke gerufen.

Corinna begann: „Es sieht so aus, als ob die fremden im Diskus uns hindern wollen, sich ihnen zu nähern. Dass wir öfters wegtreten oder einschlafen, ist meiner Meinung nach kein Zufall. Die Fremden können allerdings nicht wissen, dass Saydala und Luna wenig oder gar nicht anfällig sind."

Moema fragte: „Woher kennen sie aber unsere Gehirne so genau?"

Samantha meinte: „Das ist ein starkes Indiz dafür, dass unsere Leute an Bord sind. Sie haben deren Gehirne gescannt. Somit kennen sie unsere Psyche und haben irgendwie uns lahmgelegt."

Otekah schüttelte den Kopf: „Und warum ist es dann beim zweiten Mal so schwach gewesen? Das ergibt doch keinen Sinn!"

Henry sagte: „Vielleicht sind es keine organischen oder telepathischen Kräfte, sondern technische."

Moema wehrte ab: „Das ergibt auch keinen Sinn!"

Henry beharrte jedoch: „Doch. Es ist vielleicht eine Frage der Energie. Sie müssen eventuell Energie sparen. Ihre Flucht ist jetzt auch lange nicht mehr so dynamisch."

Corinna war nicht zufrieden: „Vielleicht, eventuell! Es hilft nichts. Wir fliegen direkt zu ihnen hin. Wir haben noch drei Androiden. Wir müssen unser Schichtsystem ändern. Wir machen nur noch zwei Schichten. Saydala ist in der ersten Schicht zusammen mit Samantha, John und Moema dazu Robbie. Luna ist in der zweiten Schicht zusammen mit Otekah, Fred, Henry und mir, dazu Mac. Kyb bleibt für den Notfall in Bereitschaft. Ansonsten kümmert er sich weiter um unsere Reserven. Wir übernehmen jetzt die erste Schicht. Noch Fragen?" Corinna schaute in die Runde, „Keine? Dann los."

Die Aminata flog nun mit Warpgeschwindigkeit zum bewegungslosen Diskus. Zwei Stunden später kamen sie dort an. Nichts regte sich dort. Die Aminata stoppte in einem Abstand von 1000 Metern. Plötzlich kam aus der Mitte der Scheibe ein blendend weißer Strahl und traf die Aminata mit voller Wucht. Alle wurden durchgeschüttelt.

Corinna schrie: „Warpfeld aktivieren.“

Fred baute das Warpfeld wieder auf. Ein zweiter
Strahl kam vom Diskus. Das aktivierte Warpfeld
wirkte wie ein Schutzschild. Diesmal wurde der
Strahl abgelenkt und somit wirkungslos gemacht.

Corinna sah in die Runde: „Gibt es irgendwelche
Schäden?“

Fred rief: „Nein. Nichts weiter passiert. Wir sind
nur durchgeschüttelt worden.“

Corinna befahl nun: „Einen schwachen
Warnschuss an die flache Seite!“

Mac schoss einen kurzen schwachen Laserstrahl
an die abgeflachte Seite des Diskus. Keine
Reaktion erfolgte.

Plötzlich stöhnte Corinna laut auf. Sie verdrehte
kurz die Augen und sackte in ihrem Stuhl
zusammen. Otekah, Fred und Henry erging es
genauso.

Luna rief: „Mac, ist das Warpfeld noch aktiviert?“
Mac antwortete: „Ja!“

Luna meinte: „Anscheinend schützt es nicht
gegen diese was-auch-immer-Schlafstrahlen.
Mac, eine zweite starke Salve auf den Diskus!“

Mac feuerte einen Strahl mit sehr hoher
Intensität auf den Diskus. Aber auch diesmal kam
kein Strahl zurück. Luna rief Saydala.

Saydala erschien ganz aufgeregt: „Was ist passiert?"

„Schau..., " Luna zeigte auf die Anderen, „wieder das Gleiche. Übernimm du hier. Ich schaue nur kurz zu den Anderen!"

Saydala nickte kurz: „Okay!"

Luna ging nacheinander in die Kabinen der Anderen. Überall natürlich das gleiche Bild. Wieder waren Alle zusammengesunken, aber niemanden ist etwas passiert. Keinen hatte es in einer gefährlichen Situation erwischt. Luna ging zurück auf die Brücke.

„Was machen wir jetzt?" wollte Saydala wissen.

„Wir kommen so nicht weiter. Wir müssen etwas unternehmen. Umrunde einmal ganz langsam den Diskus. Lass aber das Warpfeld aktiviert!" sprach Luna.

Langsam umrundete die Aminata den Diskus. Nirgendwo sahen sie auch nur den Ansatz einer Luke oder etwas Ähnlichem. Nichts. Der Diskus hatte eine makellose glatte Fläche.

Luna sagte: „Mache Scans von Röntgen bis Radar. Es muss doch irgendetwas von innen zu sehen sein."

Saydala scannte wieder und wieder den Diskus. Nichts zeigte sich.

„Wir schicken eine Sonde rüber. Sie soll sich an
die Hülle anheften. Mal sehen, ob wir sie so aus
der Reserve locken." sprach Luna.
Saydala sandte eine Sonde. Sie war kaum
gestartet, da kam ein Strahl aus dem Diskus und
traf die Sonde. Sie zerbarst in tausend Stücke.
Saydala rief: „Mist. Unsere Sonden können dem
nicht standhalten."
„Das war klar. Aber schauen wir uns die Stelle,
aus dem der Strahl kam, mal genauer an."
meinte Luna.
Saydala nickte: „Richtig. Da muss eine Öffnung
oder was Ähnliches sein."
Luna und Saydala schauten sich die Aufnahmen
an. In dem Moment, als der Strahl aus dem
Diskus kam, zeigte sich eine kleine Öffnung an
der Oberseite.
Luna klatschte in die Hände: „Na bitte. Haben wir
euch. Eine Salve von drei Positronentorpedos
genau an diese Stelle."
Mac machte die Torpedos abschussbereit.
„Fertig!" meldete er.
Luna schrie: „Feuer!"
Drei Torpedos in Abstand von einer Sekunde
flogen blitzschnell auf das programmierte Ziel.
Man konnte deutlich die Einschläge sehen. Da
meldete Saydala: „Ich hab hier was auf den

Scannern. Ich kann jetzt deutlich Gänge und Räume im Diskus erkennen. Wir haben offensichtlich Schutzeinrichtungen unschädlich gemacht."

„Was kannst du sehen? Auch organische Strukturen?" fragte Luna.

Saydala rief: „Ich sehe neun organische Strukturen. In einem großen Raum sind fünf genau in einer Reihe zu sehen. Sie bewegen sich nicht. Vier weitere sind in einem anderen Raum. Dort bewegen sich zwei. Das sind alles eindeutig Lebewesen. Ich kann auch Spuren von DNA dort scannen."

„Leg eine Skizze auf den großen Bildschirm!" rief Luna.

Auf dem großen Schirm sahen sie es besser. Zwei Gänge führten offensichtlich zur äußeren Hülle. Dort waren wahrscheinlich Außenluken. In dem Raum, in dem die fünf Lebewesen sich befanden, waren auch deutlich Energiesignaturen.

Luna rief: „Saydala, eine weitere Sonde!"

Saydala schickte eine zweite Sonde zu dem Diskus. Nichts geschah. Die Sonde näherte sich unbedrängt dem Diskus.

Luna meinte: „Ich bin überzeugt, dass die Fünf in dem großen Raum unsere Leute sind."

Saydala holte tief Luft: „Das denke ich auch. Hoffentlich sind sie es. Ich registriere auch große Energieschwankungen."

Luna nickte: „Stimmt. Der Antrieb scheint gar nicht mehr zu gehen. Waffen sind auch ausgefallen. Dort, wo der Strahl rauskam, ist überhaupt keine Energiesignatur mehr zu sehen."

Saydala schaute auf ihre Instrumente: „Ich denke auch, dass sie Energieprobleme haben. Sie scheint ihnen auszugehen. Es bewegt sich jetzt gar niemand mehr."

Luna überlegte: „Wir sollten rüber. Sonst sterben alle noch."

Saydala war nun richtig aufgeregt: „Ich fliege rüber. Ich halte das nicht mehr aus. Was ist, wenn sie sterben?"

Luna nickte, sagte aber: „Ruhig bleiben. Du fliegst. Mach das kleine Schiff fertig! Nimm einen Handstrahler mit."

Saydala eilte in den Hangar. Das kleine Landeschiff startklar zu machen, dauert nicht lange. Nach fünf Minuten meldete Saydala, dass sie startklar ist. Luna überwachte das Geschehen von der Brücke aus. Sie öffnete den Hangar und Saydala flog mit dem Landeschiff zu den Fremden. Sie steuerten auf einen Punkt zu, bei welchem die Gänge zur Außenhülle des Diskus führten. Dort angekommen, dockte sie an. Das kleine Schiff hatte eine Vorrichtung, mit der man an einem havarierten Schiff festmachen konnte. Saydala sah feine Rillen, welche wie eine Luke aussahen. Saydala tastete die Rillen ab. Sie sah allerdings nichts, was wie ein Öffnungsmechanismus aussah. Sie nahm ihren Strahler aus dem Halfter. Aber in dem Moment, wo sie abdrücken wollte, flimmerte es an der Wand. Die Tür war plötzlich offen. Saydala ging mit gezogenem Strahler vorsichtig hinein. Da es in dem Gang sehr dunkel war, schaltete sie ihre Kopflampe an. Innen war anscheinend atembare Luft. Scans zeigten, dass die Atmosphäre aus Sauerstoff, Stickstoff, Kohlenstoffdioxid und ein paar Edelgasen bestand. Saydala nahm den Helm ab.

Luna meldete sich: „Geh den Gang noch etwa zehn Meter. Dann kommt auf der rechten Seite der große Raum mit unsere Leuten."

Saydala ging langsam den Gang entlang. Ihr war nicht geheuer. Sie stand nun vor der Stelle. Auch hier war keine richtige Tür. Nur ein paar sehr feine Rillen waren zu sehen. Als Saydala davorstand passierte allerdings nichts. Sie nahm ihren Strahler, ging zwei Schritte zurück und drückte ab. Ein grellweißer Strahl traf auf die vermeintliche Tür. Nichts passierte. Saydala hielt ein. Sie betastete die Stelle. Sie war kalt. Ihr Laserstrahl zeigte keinerlei Wirkung. Da ging plötzlich ein Licht am Ende des Ganges an. Saydala erschrak richtig. Sie schaute zu der Stelle. Das Licht war gelblich weiß, aber nicht sehr hell. Es kam aus einer Tür am Ende des Ganges. Mit erhobenem Strahler ging Saydala vorsichtig der Tür entgegen. Sie setzte ihren Helm wieder auf. Bei der Tür angekommen ging sie in die Knie. Vorsichtig schaute sie in den Raum hinein. Saydala erschrak. Sie sah drei Gestalten auf Sesseln sitzen. Sie sprach mit etwas gebrochener Stimme: „Das kann doch nicht sein."

Luna meldete sich: „Was ist? Was siehst du?"
Saydala rief: „Ich sehe hier drei Wesen. Sie, sie sehen genauso aus wie ich!"
„Sie sehen aus wie du?" fragte Luna überrascht.
Saydala antwortete nicht. Sie ging jetzt vorsichtig in den Raum hinein. An der rechten Seite stand noch so ein Fremder. Zwei von den Wesen waren regungslos. Nur einer der Sitzenden bewegte langsam seinen Kopf. Er hob die linke Hand und richtete sie auf Saydala. Der Stehende schaute auch auf Saydala.

Saydala schaltete ihren Translator an und sprach sie an: „Wer seit ihr?"

Der Vordere antwortete: „Wir sind vom Volk der Turandier vom Planeten Turan. Wer bist du?"

Saydala konnte es kaum glauben. Sie verstand die Sprache auch ohne Translator. Es war ihre Muttersprache.

Saydala stand da wie verdattert: „Wie, wie kann das sein? Ich bin auf Mandor geboren!" Sie nahm ihren Scanner und scannte. Erstaunt stellte sie fest, dass sie die gleiche DNA haben, wie sie selbst. Sie sind von der gleichen Art.

Der Vordere sprach mit schwacher Stimme: „Ich heiße Saydor. Wir haben keine Energie mehr. Unsere Nahrungsmittel sind zu Ende."

Saydala konnte es immer noch nicht fassen: „Wir gehören der gleichen Art an. Mein Name ist Saydala. Ihr habt fünf unserer Gefährten entführt. Was ist mit ihnen? Gebt sie frei! Wir können euch helfen!"

Der Stehende ging raus aus dem Raum. Er rief noch: „Lüge, alles Lüge!"

Saydor sprach: „Lass ihn. Wir lassen eure Gefährten frei. Es hat ja doch alles keinen Sinn mehr." Er drücke ein paar Knöpfe auf seiner Lehne. Saydala bemerkte, dass hinten am Gang sich eine Tür öffnete und Licht auf den Gang schien. Luna meldete sich: „Bei uns erwachen alle wieder."

Saydala sah den Fremden an: „Warum habt ihr unsere Gefährten entführt?"

Saydor konnte kaum noch reden: „Wir, wir...!" Er sackte zusammen und verstummte. Saydala ging zu ihm. Sie stellte aber fest, dass er wahrscheinlich nur ohnmächtig war. Da bemerkte sie hinter sich mehrere Leute kommen. Sie schaute zurück und erkannte Gabriel. Sie stürzte auf ihn zu und fiel ihm um den Hals. Sie rief wieder und wieder seinen Namen. Sie nahm ihren Helm ab und dann küsste sie ihn.

„Oh Gabriel, ich habe dich so vermisst!" Saydala war wie von Sinnen.

Gabriel fragte: „Was ist geschehen? Wo sind wir? Ich fühle mich so schwach."

Auch die Anderen schauten erstaunt und ungläubig.

Onatah nickte und fragte ebenfalls: „Ja, wo sind wir?"

Da meldete sich Luna: „Onatah? Du lebst! ich bin ja so glücklich." Man hörte ein Schluchzen.

Onatah rief: „Luna! Was ist los? Warum weinst du?"

Saydala sagte nun wieder ruhig: „Wir gehen jetzt am besten zu unserem Schiff. Wir werden euch drüben alles erzählen. Die drei hier nehmen wir mit."

Sie gingen alle zusammen zu dem kleinen Landeschiff. Dort angekommen rief Saydala die Aminata: „Wir sind jetzt auf dem Landeschiff. Wir haben die drei Fremden mitgenommen. Sie sind offensichtlich sehr schwach. Könnt ihr den Vierten ausmachen?"

Corinna meldete sich: „Ja. Er ist am äußersten Rand in einem großen Raum oder so ähnlich. Ich bemerke eine Energiesignatur."

Saydala rief: „Wir kommen jetzt rüber. Wir können uns dann um ihn kümmern!"

„In Ordnung. Kommt rüber." rief Corinna.

Saydala starte das Schiff. Die Luke schloss sich. Das Schiff dockte ab. Als es auf halbem Wege zur Aminata war, ging beim Diskus eine sehr große Luke auf. Ein kleiner Diskus flog heraus und näherte sich dem kleinen Landeschiff. Plötzlich eröffnete der kleine Diskus jetzt das Feuer. Mehrere Salven von Positronenstrahlen trafen das Landeschiff. Die einzige Laserwaffe wurde getroffen. Im Schiff wurden sie mächtig durchgeschüttelt. Plötzlich ertönte ein Zischen. Die Außenhülle bekam ein Loch. Die Luft entwich. Immer wieder wurden sie von Salven getroffen. Inzwischen hatte auch die Aminata versucht den kleinen Diskus zu treffen. Dort an Bord befand sich offensichtlich der vierte Fremde. Er steuerte sein Schiff sehr geschickt. Er befand sich meistens hinter dem Landeschiff. Somit konnte die Aminata nicht auf ihn zielen. Sie würde das Landeschiff treffen. Nun wurden auch noch die Antriebe getroffen. Corinna rief den kleinen Diskus, bekam aber keine Antwort. Die Lage wurde immer brenzliger. Saydala hatte eine Idee. In einem verzweifelten Versuch stoppte sie plötzlich das Landeschiff. Der kleine Diskus schnellte an ihr vorbei. Da schoss die Aminata eine Salve auf den kleinen Diskus und zerstörte ihn. Nun konnte Saydala das Landeschiff ruhig zur Aminata fliegen. Aber die Luft wurde nun immer dünner. Der Riss in der Außenhaut wurde nun zusehends größer. Nur mit letzter Mühe schafften sie es in den Hangar. Dort warteten schon ganz aufgeregt Luna, Otekah und Henry. Als die Luke der Landefähre sich öffnete und alle heraustraten, liefen Luna, Otekah und Henry ihnen entgegen. Luna umschlang Onatah und küsste sie. Auch Otekah fiel Frank um den Hals und küsste ihn. Henry und Tallulah fielen sich auch in die Arme. Alle waren glücklich. Dann kam Corinna, Moema und Fred hinzu. Sie begrüßten alle sehr herzlich.

Moema fiel Anori um den Hals. Nach fast einem Jahr sahen alle sich endlich wieder. Dann umarmten Otekah und Onatah sich.

„Fred, wir bringen die Fremden zunächst auf die Krankenstation." sagte Corinna.

Luna drückte Onatah noch einmal, küsste sie und ging dann mit Corinna und Fred mit. In der Krankenstation scannte Luna dann die Fremden.

„Sie gehören tatsächlich der gleichen Spezies wie Saydala an. Wir hatten ja so Ähnliches schon vermutet. Sie sind sehr geschwächt. Ich werde sie an eine Sonde anschließen und erst einmal Stärkungsmittel injizieren."

Corinna nickte: „Okay. Wenn du möchtest, schicke ich Samantha, um dich abzulösen. Du möchtest vielleicht mit Onatah ein bisschen alleine sein?"

Luna lächelte: „Danke, aber es geht schon. Oder schicke Onatah hierher!"

Corinna lächelte nun auch: „Mache ich! Ich mache nur noch eine kleine Zusammenkunft. Sie müssen schließlich wissen, was alles passiert ist. Und wir müssen wissen, was mit ihnen geschah."

Luna meinte noch: „Ich möchte dann auch noch einen nach dem Anderen untersuchen!"

Corinna nickte erneut: „Okay. Ich schicke sie nacheinander zu dir. Als erstes Onatah!" Corinna lächelte dabei.

Unterdessen reparierten Fred und Moema das kleine Landeschiff. Die Schäden waren beträchtlich, aber mit der Hilfe der Androiden ging die Reparatur schnell voran. Nur vier Stunden später war das Schiff wieder einsatzbereit. Corinna rief Gabriel, Frank, Anori, Tallulah und Onatah ins Kabinett. Sie berichtete ausführlich von den Geschehnissen. Mit Bestürzung erfuhren sie, dass ihre Kameraden Piedro und Aurelia ums Leben kamen. Sie konnten auch kaum glauben, dass sie fast ein Jahr im Koma lagen.

Frank fragte: „Ein Jahr im Koma? Unglaublich. Warum hat man uns nur entführt?"

Corinna zuckte mit den Schultern: „Wir wissen es nicht. Wenn die Fremden aufgewacht sind, werden sie uns einige Fragen beantworten müssen!"

„Was werden wir nun tun?" wollte Anori wissen.

„Ich werde Samantha und John rüber zum Diskus schicken. Wir brauchen ein paar umfangreiche Scans vom Inneren des Schiffes. Dann sehen wir weiter. Allzu lange werden wir aber nicht hier bleiben. Auf der Erde werden wir sicher schon sehnsüchtig erwartet." sprach Corinna.

Gabriel fragte: „Wobei können wir helfen?"

Corinna winkte ab: „Es geht schon. Ich mache mit Fred Dienst auf der Brücke. Während Samantha die Scans macht, wird der Androide Robbie die Wache auf der Krankenstation übernehmen. Alle anderen haben jetzt erst einmal dienstfrei."

Saydala und Gabriel saßen eng umschlungen in ihrer Kabine auf der Liege. Sie küssten sich immer wieder.

Saydala sah Gabriel an: „Ich habe dich so sehr vermisst. Es war eine schreckliche Zeit. Ich hatte schreckliche Angst, dich nie mehr wieder zu sehen."

Gabriel strich Saydala über den Kopf, küsste sie und sprach dann: „Jetzt bin ich ja wieder da. Was mich nur wundert, du und die Fremden, ihr gehört der gleichen Spezies an. Wie kommt das nur?"

Saydala zuckte mit den Schultern: „Ja, das ist schon eigenartig. Sie sagten, bevor sie ohnmächtig wurden, dass sie vom Planeten Turan kommen. Mir sagte man, dass ich auf Mandor geboren wurde. Das passt nicht zusammen."

Da meldete sich Robbie: „Die Fremden wachen auf.“

Als Saydala in die Krankenstation kam, waren Corinna und Luna schon da. Die drei Fremden saßen auf den Krankenbetten.

Corinna sprach einen von ihnen an: „Mein Name ist Corinna. Ich bin die Kommandantin des Schiffes. Darf ich fragen wer Sie sind?“

Der Angesprochene antwortete: „Ich bin Saydor. Das sind meine Gefährten Tayfur und Maytuh. Wir stammen vom Planeten Turan.“

Corinna fragte: „Warum hattet ihr unsere Kameraden entführt?“

„Das ist eine lange Geschichte!“ war Saydor seine Antwort.

„Wir haben Zeit.“ sprach Corinna kurz.

Was nun folgte, war für Corinna, Luna und Saydala fast unglaublich.

Saydor holte tief Luft und begann: „Ich muss dazu erst ein paar Erläuterungen machen. Wie ihr vielleicht schon bemerkt habt, ist unser Universum schon sehr alt. Und es stirbt. Unser Universum hat jetzt ein Alter von 250 Milliarden Jahren nach eurer Zeit. Bis zu einem gewissen Punkt breitete sich das Universum ständig aus. Dann kam es, dass das Wachstum aufhörte und schließlich sich umkehrte. Immer mehr schwarze

Löcher bildeten sich. Schließlich verschmolzen viele schwarze Löcher. Es kam zu unzähligen Raumkatastrophen, Gammablitzen und ähnliches. Viele Welten wurden zerstört. Das ganze dauerte natürlich auch wieder Milliarden von Jahren. Schließlich kam es zu einer Implosion von einem gigantischen schwarzen Loch. Es fraß sich immer weiter fort. Ihr werdet bemerkt haben, dass es nur noch sehr wenige Sterne hier gibt. Es sind Einzelgänger. Das letzte Dreifachsystem ist dieses hier mit seinen zwei Neutronensternen und dem Roten Riesen. Aber auch diese werden eines Tages verschlungen werden. Das riesige schwarze Loch wird ein Großer Kollaps. Unser Universum war kleiner, als das eure. Aber trotzdem wurden Millionen bewohnter Welten vernichtet. Wir sind die letzte Spezies. Viele Gesellschaften sind ausgewandert in andere Universen. Wir haben außer dem unseren auch noch dreizehn weitere entdeckt. Wahrscheinlich gibt es unendlich viele. Eines davon ist euer Universum. Es ist, im Gegenteil zu anderen Universen, unserem sehr ähnlich. Meine Spezies hatte sich zunächst entschieden, nicht auszuwandern. Man dachte, dass es nicht so schlimm kommt und wir überleben. Viele wollten unseren Wissenschaftlern nicht glauben. Und so wurde unser Heimatplanet durch eine Supernova

zerstört. Ein Nachbarstern explodierte und der Gammablitz zerstörte unsere Atmosphäre. Nur unser Schiff, welches sich auf einer Aufklärungsmission befand, überlebte. Vor langer Zeit wurde eines unserer kleineren Landeschiffe in eurem Universum vermisst. An Bord waren ein Mann und eine Frau sowie ihr kleines Kind. Wir haben nie wieder was von ihnen gehört oder gesehen. Nur ihr Schiff fanden wir zerstört auf einem Planeten. Es waren deutliche Spuren von Gewalt zu erkennen."
Saydor räusperte sich und erzählte dann weiter: „Da wir vier nur männliche Turandier sind, gab es für uns keine Möglichkeit der Fortpflanzung. Wir suchten jahrelang nach Spezies, mit denen wir uns paaren könnten. Mit eurer Spezies ist dies möglich. Durch ein spezielles genetisches Verfahren können wir uns mit euch paaren und somit fortpflanzen. Deshalb die Entführung. Allerdings hatten wir Angst. Wir dachten an unser zerstörtes kleines Landeschiff. Und nun sind wir hier. Unsere Energie ging zu Ende und Nahrungsmittel haben wir auch keine mehr."
Die Menschen sahen sich ungläubig und erstaunt an. Das soeben Gehörte war einfach zu fantastisch.

Nach kurzem Schweigen sprach Corinna: „Ihr hättet mit uns einfach nur Kontakt aufnehmen müssen. Wir sind eine friedliebende Spezies. Wir hätten euch geholfen. Unsere inneren Konflikte haben wir längst beendet. Ihr könnt natürlich bei uns bleiben. Ich habe noch eine Frage: Auf dem Eisplaneten kamen zwei unserer Kameraden ums Leben. Was wisst ihr darüber?“

Saydor erklärte nun weiter: „Sie wurden von den Einheimischen überfallen und erschlagen. Wir kamen zu spät. Wir konnten ihnen nicht mehr helfen. Wir dachten auch an das gewalttätige Ende unseres Landeschiffes. Wir dachten, dass in eurem Universum alles so voller Gewalt ist. Euer Universum ist zum Vergleich mit unserem sehr jung. Deswegen sind wir auch vor euch geflohen. Wir haben eine technische Einrichtung, um euch ins Koma oder Schlaf zu versetzen. Sie beeinflusst einen Teil des Gehirns bei euch. Als eure Leute in der Höhle auf dem Eisplaneten ins Koma fielen, haben wir sie eingehend untersucht. Dabei stießen wir auf diese Möglichkeit. Hätten wir gewusst, dass ein Mitglied eurer Besatzung von unserer Spezies ist, hätten wir sie auch noch ins Koma versetzt. Auch die künstliche Ernährung spielte keine Rolle.

Aber durch unsere Energieprobleme mussten wir zum Schluss auch das aufgeben."

Corinna nickte: „Das gigantische schwarze Loch können wir messen. Es wird allerdings noch hunderttausende von Jahren dauern, bis hier alles kollabiert. Das mit dem Koma und dem Schlaf wäre meine nächste Frage gewesen. Dürfen wir diese Technologie untersuchen? Sie wäre vielleicht für unsere Mediziner interessant."

Saydor nickte: „Ja, natürlich dürft ihr das."

Saydala fragte nun aufgeregt: „Könnten die zwei verschollenen Angehörigen eures, ähm, unseres Volkes meine Eltern gewesen sein?"

Tayfur nickte: „Wir haben das genetische Profil in unserer Datenbank. Ein genetischer Abgleich würde das sicher bestätigen. Du wärest dann das kleine Mädchen."

„Könnt ihr uns die Daten übermitteln?" fragte Luna.

Saydor stimmte zu: „Ihr könnt unsere gesamte Datenbank haben. Dort werdet ihr auch alle astrophysikalischen Daten bekommen. Ihr werdet sehen, dass es viele, wahrscheinlich unendlich viele Universen gibt. Manche sind bewohnbar, manche nicht. Manche Universen bestehen nur aus Energie. Es gibt Universen, welche nur sehr kurze Zeit existieren, da sie schon nach wenigen Mikrosekunden zerfallen. Wir haben Universen entdeckt, in welchen ganz andere Naturgesetze bestehen. Mit unserer Physik konnten wir dort nichts anfangen. Ein Universum konnten wir bei seinem Kollaps genau ausmessen. In einem haben wir intelligentes Leben gefunden. Es waren insektenartige Wesen. Wir haben ungewollt für diese das Fenster zu unserem Universum geöffnet, und von uns zu euch. Übergänge zwischen den Universen gibt es nur sehr wenige. Nur in Systemen mit mehreren gewaltigen Hyperriesen kommen sie vor. Sie existieren also auch nicht lange und kollabieren schnell. Untersucht unsere Daten und forscht weiter."

Corinna sah Saydor an: „Gut. Danke. Wenn ihr es wünscht, könnt ihr mit uns kommen. Wir werden euren Diskus in Schlepp nehmen und mit durch die Pforte in unser Heimatuniversum schleppen. Allerdings ist unser Schiff nicht stark genug, um es bis zu unserer Heimat zu ziehen. Ich kontaktiere heute noch die Erde. Sie werden sofort Schiffe schicken, welche eurer Schiff bergen und zur Erde holen. Das wird aber sehr lange dauern. In frühestens elf Monaten können die Schiffe hier sein. Wir sind schließlich sehr weit von zu Hause weg. Es wird also noch eine Weile dauern, bis wir zu Hause sind.“

Noch am selben Tag machten sie einen genetischen Abgleich mit Saydala. Es stellte sich heraus, dass sie tatsächlich das kleine Mädchen ist.

21.

Wie verabredet, wurde der Diskus durch die Pforte zu den drei blauen Riesen Beta Centauri geschleppt. Dieser Flug dauerte einen Monat. Inzwischen machten Luna, Saydala und Saydor genetische Untersuchungen, inwieweit man sich mit einer menschlichen DNA vereinen könnte. Da die Tests im Labor erfolgreich verliefen, wollten Gabriel und Saydala nun diese Tests auch an sich selbst anwenden. Notwendig waren dafür eine Mischung aus verschiedenen menschlichen und turanischen Enzymen und Hormonen. Eine Woche lang wurden Gabriel und Saydala diese Cocktails verabreicht. Nach vier Wochen wurde bei Saydala die Schwangerschaft festgestellt.

Jeder an Bord freute sich für Gabriel und Saydala. Otekah und Frank waren die einzigen, die ein bisschen wehmütig darüber waren. Als die freudige Nachricht kam, lagen sie zusammen im Bett.

Otekah sah Frank an: „Wir werden sicher kein gemeinsames Kind bekommen. Ich bin nun schon 57 und in den Wechseljahren. Macht dich das nicht traurig?"

Frank schüttelte den Kopf. Dann küsste er Otekah und sprach: „Nein. Gar nicht. Ich liebe dich. Auch wenn du 22 Jahre älter bist als ich. Für mich bist du die schönste und beste Frau der Welt."

Otekah sah Frank an, schmiegte sich an ihn, küsste ihn und liebte ihn. Sie waren beide einfach nur glücklich.

Sie saßen gerade wieder einmal alle im Kabinett zusammen. Da hatte auch Samantha ein freudiges Ereignis zu vermelden. Auch sie war schwanger. Moema und Anori schauten sich lächelnd an. Moema stand auf, räusperte sich und sagte: „Weil wir gerade dabei sind. Ich bin ebenfalls schwanger."

Corinna lachte und sprach: „Oje, jetzt machen wir hier auch noch einen Kindergarten auf. Nach einem Jahr Abstinenz hattet ihr es aber alle ganz schön eilig!"

Samantha lachte und sprach: „Naja, ich war nicht ganz so in Abstinenz."

Onatah sah Luna an und sprach: „Wir zwei werden die Kindermädchen sein."

Corinna meldete noch am gleichen Tag der Erde diese freudigen Ereignisse. Nach neun Monaten hatte Samantha einen Sohn und Moema eine Tochter geboren. Bei Saydala dauerte die Schwangerschaft elf Monate. Als drei Schiffe der Erde eintrafen, lag Saydala gerade in den Wehen. Auch traf gerade eine Nachricht von der Erde ein. Der Planet im System Asterion wurde inzwischen vorzeitig besiedelt. Aber auf einem Planeten bei Epsilon Eridanus sollte eine irdische Kolonie errichtet werden. Es war noch ein sehr junger Planet. Durch Terraforming sollte er urbar gemacht werden. Man suchte nun nach freiwilligen Kolonisten. Die Crew der Aminata entschied sich, dort die Kolonie aufzubauen. Corinna und Fred sollten mit einem Frachtschiff eine ständige Verbindung aufbauen. Auch die drei Turanier wollten mitkommen. Saydala und Gabriel waren sich einig, dass Saydala nach einer gewissen Zeit künstlich mit der DNA der Turandier befruchtet wird. So soll das Volk der Turandier erhalten bleiben.

Die Schiffe von der Erde schleppten nun den Diskus ab. Corinna saß mit den anderen auf der Brücke.

Corinna dachte an ihre vielen Abenteuer. Sie und Samantha flogen nun schon seit zwanzig Jahren gemeinsam durch das Universum. Sie dachte an ihr erstes gemeinsames Abenteuer auf dem Planeten Gaia. Bei ihrem zweiten Flug wurden sie in einem Irrflug ins Ungewisse durch eine Singularität geschleudert. Ihre Freundin Mara wurde von Piraten entführt. Sie mussten mit gefährlichen Insektanern kämpfen und hatten auch neue Freunde gefunden. Und ihre Kameradin Regina verliebte sich in einen Außerirdischen und blieb schließlich bei ihm auf dem Planeten Kalpano. Corinna musste lächeln. Bei ihrem nächsten Flug musste sie mit ansehen, wie eine Marsstation angegriffen und zerstört wurde. Sie suchten nach der Vermissten Otekah und fanden sie auch. Sie fanden sie zusammen mit ihrer Tochter Onatah. Beide gehören heute zur Crew der Aminata. Aber die Abenteuer gingen weiter. Die Insektaner hatten die Erde unbewohnbar gemacht und durch einen Eingriff in die Zeit die Vergangenheit verändert. Corinna, Samantha wurden auf dem Planeten Elpis gefangen gehalten. Sie konnten sich und die Ureinwohner befreien und die Eingriffe in die Zeit wieder rückgängig machen und die Erde blieb bewohnbar. Corinna musste daran denken, wie sie Luna aufnahmen. Sie stammte eigentlich aus der Zukunft, verliebte sich aber in Onatah. Nun wollte Corinna etwas kürzer treten. Sie und Fred waren seit dreißig Jahren ein Paar, aber selten gemeinsam bei einer Mission. Das sollte sich nun ändern. Aber trotzdem wollten sie Weltraumnomaden bleiben. Denn der Weltraum ist ihr Zuhause geworden.

Corinna lächelte erneut und sprach: „Also. Wir werden beim Schlepp nicht benötigt. Diese Pforte war eine von vielen Pforten in die Unendlichkeit. Mit Hilfe der Turandier werden wir noch viele finden. Wer hätte gedacht, dass es mehrere Universen gibt? Wir dachten bisher, dass unser Universum unendlich ist. Wir wurden eines besseren belehrt. Ob die Insekten, von denen Saydor sprach unsere Insektaner sind, werden wir noch klären, aber es ist sehr gut möglich. Aber nun ist unsere Odyssee erst einmal zu Ende." Sie schaute von einem zum Anderen. „Fliegen wir ins System Epsilon Eridanus. Das wird unsere neue Heimat."

Die Triebwerke wurden gestartet. Die neue Heimat erwartet ihre Bewohner.

Die bisherigen Abenteuer von Corinna und Samantha:

Star Adventure 1. GAIA
Star Adventure 2. Irrflug ins Ungewisse
Star Adventure 3. Otekah, das Sonnenmädchen
Star Adventure 4. Die Gefangenen von Elpis